D1725753

Georg Aeberhard

AUF DEN HUND GEKOMMEN – BAND II

Sieben Geschichten

Um und am Offenen Bücherschrank

Bücherschrank Solothurn · am Kreuzackerplatz und in der Badi

www.buecherschrank-so.ch

Impressum

Bibliografische Information der Deutschen Nationalbibliothek: Die Deutsche Nationalbibliothek verzeichnet diese Publikation in der Deutschen Nationalbibliografie; detaillierte bibliografische Daten sind im Internet über http://dnb.dnb.de abrufbar.

Verdankung: Bruno Durrer, Geerd Gasche, Marlies Gyger, und Brigitte Frésard-Füri.

Satz, Layout, Fotos: Jiří Havrda
Umschlag: Jaroslav Seibert, Jiří Havrda

Herstellung und Verlag: BoD – Books on Demand, Norderstedt
ISBN: 978-3-7568-1479-4

Inhaltsverzeichnis

Einführung

Und jetzt! Jetzt stehe ich da vor einem frei zugänglichen Bücherschrank, vor meiner mich beglückenden Wundertüte, wo die Bücher ihre Rücken anbieten, mir alte Freunde vor Augen führen. Die Fülle ist riesig, ich versinke… Nein, ich ertrinke nicht. Ich komme hierher, um Lebenselixier zu tanken! Jedes Mal ein anderer Cocktail, den mir unbekannte Hände in meiner Abwesenheit zusammenmixen. Merci!

Da: von Peter Bichsel das schmale Bändchen "Der Busant". Ich habe gut daran getan, das Buch mitzunehmen, denn darin ist die den Buchtitel gebende Geschichte, in der er das Phänomen Solothurn mit allen seinen Historien und Figuren zeitlos aufleben lässt und er kommt zum Schluss, dass diese Stadt eine grosse Anziehungskraft für Heruntergekommene und Gesindel aller Art hat, und sie möge am Ende alle kaputt machen. Für einen erst vor etwa fünf Jahren Zugelaufenen, sagen wir mal sogar hier Gestrandeten, ist es eine überaus spannende, lehrreiche Lektüre. Zusammen mit dem Kunstführer Kanton Solothurn (ebenfalls im Schrank gefunden) mag ich gut gerüstet sein, in dieser Provinzstadt nicht nur zu streunen, sondern zu leben und das Ableben abzuwarten, das hoffentlich ohne grosse Umstände für mich und die Umwelt vonstatten geht. Die oben kolportierte Aussage aus Bichsels "Der Busant" trifft wohl mein Dasein in Solothurn auf eine voraussagende Art und Weise.

Aus dem "Auf den Hund gekommen…"
BoD – Books on Demand, Norderstedt
© 2017

Vom wahren Sterben und vom imaginären Sterben

Der streunende Hund, ich, einigen Lesern bekannt dank dem Buch "Auf den Hund gekommen…", 2017, schnüffelt weiterhin der Literatur nach. Jeden Tag kann man mich unter den Platanen auf der Rive Droite antreffen, an der Aare, dem Stadtfluss Solothurns.

Zumindest einmal in der Woche kommt es so zu Begegnungen der "dritten Art", das heißt, ich lasse den Zufall spielen, gewisse Titel oder Autorennamen ziehen meine Aufmerksamkeit auf sich. So beispielsweise das Buch "Jeder Augenblick könnte dein letzter sein". Leider habe ich es nicht einmal herausgenommen, geschweige mitgenommen. Ich ging mit leeren Händen zurück in die Stadt, gestützt auf meinem Gehstock einer Knöchelverstauchung wegen, aber eigentlich altershalber; es war vormittags, die Sonne schien, es wehte eine leichte Brise, fast keine Menschen waren unterwegs auf der Fussgängerbrücke Richtung Klosterplatz. Doch etwa in der Mitte kam mir eine Frau mittleren Alters im losen, knielangen Sommerkleid entgegen – mit einem gewagten Dekolleté. Die schönen Beine waren sonnengebräunt, ihr schmales Gesicht war mit schwarzen, schulterlangen Haaren locker umrandet. Sie wirkte ganz in sich selbst ruhend, entspannt, und strahlte Lebensfreude aus. Diese wurde noch dadurch unterstützt, dass sie vorportionierte Stücke einer reifen, roten Melone in den Mund führte. Unsere Blicke trafen einander im Vorbeigehen und lösten bei uns beiden ein stummes Lächeln einer anonymen Sympathie aus, die für mich umso schöner war, da diese überaus attraktive Frau den Melonensaft von ihren Lippen mit der Zunge sauber abstreifte. "Das wäre gewiss ein schöner, letzter Augenblick", dachte ich für mich und hätte die offenherzige Frau am liebsten kurz umarmt. Doch das wäre etwas umständlich gewesen, denn ich ging ja am Gehstock. Immerhin, als eine Art Coda, als eine Art Katharsis zum Abschied aus dem Leben wäre diese Begegnung ganz passabel – wie aus heiterem Himmel durch einen Blitz erschlagen.

Zuhause angekommen – ich wohne ja am erwähnten Klosterplatz – lese ich in der Neuen Zürcher Zeitung, in der NZZ-Online, die folgende Nachricht mit dem Titel "64-Jähriger fährt stundenlang leblos im Tram um": In Zürich hat ein 64-jähriger Mann am Montagmorgen auf dem Weg zur Arbeit einen Herzstillstand erlitten und ist danach weitere sechs Stunden leblos im Tram gefahren. Erst danach fiel anderen Fahrgästen der Tote auf und die Rettungskräfte wurden informiert. Dies berichten mehrere Medien. Der Mann sei um 6 Uhr 21 in Zürich Altstetten ins Tram Nummer 2 eingestiegen und hätte am Paradeplatz aussteigen müssen. Doch er verstarb auf dem Weg. Bei den Verkehrsbetrieben Zürich (VBZ) wie auch bei der Stadtpolizei Zürich habe man Kenntnis von dem Vorfall, wie das Onlineportal «20 Minuten» berichtet. Eine Dritteinwirkung könne ausgeschlossen werden.

Das wäre auch eine Möglichkeit, die mir gefallen würde, denke ich, in einem Tram so mir nichts, dir nichts zu sterben. Ich habe mein

Leben lang eine Schwäche für Trams aka die Strassenbahnen. Ich wuchs in Prag auf, einer Stadt mit einem wunderbaren Schienennetz; jede der über dreissig Linien zeichnet sich durch einen eigenen urbanen Charakter aus: von der Peripherie, durch die Industriegebiete, entlang und über die Moldau, und vor allem quer durch die Neu- und Altstadt, durch die Kleinseite am Palast Wallenstein und seinem Garten vorbei, hinauf zur Burg bis hin zum Weissen Berg, dem Ort der Eröffnungsschlacht des Dreissigjährigen Kriegs, usw. Später in der Schweiz, in Bern angekommen, liess meine Vorliebe für Trams nach, da die Strassenbahnen hier dunkelgrün waren, zur Herbstzeit mit den depressiven Fassaden in ihrem grüngrauen Farbton verschmelzend, und ich wünschte mir, ich wäre nach Genf geflüchtet, wo die Trams rot waren, obwohl etwas dunkler als in Prag. Später, in San Francisco, benutzte ich nebst den braunen Cable Cars die hellgrünen Trams, die alle von der Market Street Richtung Pazifik führten; die Linie «N» Judah fuhr sogar fast direkt an die Küste. In Berkeley, über die Bay-Bridge im Landesinneren, verbrachte ich einmal die Nacht zusammen mit Jan Němec, dem Prager Film-regisseur, dem zu Ehren das Pacific Filmarchive eine Retrospektive veranstaltete. Nach einer dieser Vorstellungen litten wir bei einer Bekannten unter Heimweh und rekonstruierten mit Hilfe von reichlich fliessendem California Burgundy das Prager Strassenbahnnetz aus unseren Erinnerungen. An dieser vorange-henden Retrospektive wurden Jans Spielfilme "Diamanten der Nacht" oder "Von Festen und Gästen", aber auch der Kurzfilm "The Czech Connection"[1] von 1975 gezeigt, den er in München für „Bayern 3" auf seinem Weg ins USA-Exil gedreht hatte. Darin inszenierte Jan Němec seinen eigenen Tod. Den ganzen Film lang trug er ein grob gestreiftes blauweisses Sakko, das die KZ-Häftlingskleidung evozierte; die Vorführung im Pacific Filmarchive schloss mit einer Diskussion mit ihm. Er trat vor die Leinwand wie aus dem Film heraus und hatte eben dieses Sakko angehabt; es war eine fast schockartige Anspielung auf den Spielfilm "Diamanten der Nacht", in dem die aus einem KZ-Transport entflohenen Häftlinge durch endlos aneinander gehängten Strassenbahnwagons rennen; eine der nicht wenigen halluzinationsreichen Sequenzen, die dieses Meisterwerk auszeichnen.

Standbild aus dem Film "Diamanten der Nacht"

Anschliessend schwärmten wir unter Mithilfe vom schweren Burgundy von unseren Tram-linien, die uns am liebsten waren. Da wir beide aus nachbarschaftlichen Stadtvierteln Žižkov und Vinohrady stammten, führten unsere Trassen parallel zueinander ins Zentrum Prags: es waren die Linien 9 und 11, die zu den längsten gehörten, jedoch praktisch alle anderen Linien kreuzten. Das lieferte uns den Vorwand, in Gedanken gegebenenfalls auch auf andere Linien umzusteigen und uns über die diversen Stadtwinkel zu streiten oder im Einverständnis ihre Atmosphäre voller Sehnsucht bis in die Morgenstunden heraufzubeschwören.

Nun, kommen wir zum „Sterben" zurück nach Solothurn, wo es keine Trams gibt, bloss Busse, die jedoch das Stadtbild nicht mehr einheitlich mit einer Farbe prägen, sondern mit den unmöglichsten Werbedarstellungen verklebt sind. Ich streune also wieder wie jeden Tag zum Bücherschrank, diesmal an einem Sonntag, und was wartet da auf mich? Die 2008 erschienenen "Wege zu einem humanen, selbstbestimmten Sterben" von einer Stiftung zur Erforschung eines humanen selbstbestimmten Sterbens. Ich trage es nach Hause, ich will mich bilden, um für alle Fälle bereit zu sein – für den "letzten Augenblick".

Doch das wahre Sterben holt mich 24 Stunden später ganz konkret ein: im Facebook lese ich den Post der Galerie Loiegruebe, ohne Bild oder emoji, bloss Text:

"Du wirst fehlen !!!

DANI JEHLE !!!!!!!

Alles gute auf dem Weg mein Lieber"

Daniel Jehle, ein Freund, ein Maler, ist verstorben, "à l'âge de 58 ans" wie Le Jurassien vermeldet. Dani lernte ich in der Löwengasse, ich weiss nicht mehr ob im „Poetariat" oder anlässlich einer Vernissage in der Galerie Loiegruebe nebenan. Er bleibt mir gut in Erinnerung, da er einer der ersten war, der mein Buch "Auf den Hund gekommen…" gelesen hatte. In mein Tagebuch notierte ich mir damals: "Dani Jehle holt sich das Buch im Milchkasten bei mir (wie vorgeschlagen), und wie mir dann im ‚Poetariat' fünf Stunden später erzählt wird, ‚zieht er es ein', in einem Zug, irgendwo am Flussufer der Aare …"

Dani, zu früh bist Du gegangen. Ich habe mal ein Foto von Daniel gemacht, anlässlich des Löwengasse-Fests, und ich stellte es nun im Instagram ein, mit dem Abschiedstext "Noch am letzten Freitag sassen wir vor dem "Poetariat" mit Geerd zusammen. Leute kamen vorbei, Kunden, Passanten, alte und neue Freunde, und da sagt Geerd, es sei Freitag, jetzt fehle noch "der Jehle". Wir nicken, lächeln einander zu, in den Augen ein Funken Freude und Sympathie für Dani, ja, das ist "ein Guter". Einer der Kommentare fasste unseren Verlust mit den Worten "Ich habe ihn als so offenen und liebenswerten Menschen kennengelernt… wie traurig… er wird sicher vielen fehlen!"

Dani konnte sich auf das Sterben nicht vorbereiten. Ein hinterlistiges Versagen seines Herzens leitete den jähen Abschied ein.

Daniel Jehle, 1963 – 2021

Um und am Bücherschrank

Der massive Metallschrank steht am rechten Ufer der Aare – da wo nicht weit davon die Solothurner Boule spielen, die Alkies ihre Bierdosen leeren und jauchzende Kleinkinder den Tauben nachrennen, während von den dichten Baumkronen Rabenkrähen krächzen und kacken; nicht zu vergessen die vorbei-flitzenden Roller und Elektrofahrräder (mit 20 km/h, ha,ha,ha). Zusammen mit dem zum lustvollen Aufsehen entfesselten Reigen der Skateboarder auf dem nahen Kreuzackerplatz können sie einen Buchfreund schon mächtig nerven.

Der Bücherschrank selbst ist geräumig, seine Tablare sind von beiden Seiten durch das Hochklappen der Glasabdeckungen zugänglich - da stehen die Schätze der Belletristik genauso wie der Fachliteratur. Auf der Augenhöhe, auf dem dritten von vier Tablaren, sieht man die Person vis-a-vis. Manchmal ist auch der Buchtitel zu erhaschen, wenn man über das zweite Tablare durchblickt. Ja, ich bin neugierig, was die Leute so lesen, und oft kann ich es mir nicht verbieten, ich mische mich bei der Auswahl ein. So wie kürzlich, als auf der anderen Seite eine hübsche Gymnasiastin stand und Pavel Kohouts „Ich schneie" in den Händen hielt, eines Schriftstellers aus meiner Heimatstadt Prag. Ich konnte nicht anders, als auf die andere Seite zu gehen: Entschuldigung, sagte ich aus gebührender Distanz, darf ich fragen wie Sie auf das Buch Pavel Kohouts kommen? Ich suche etwas mit Schnee, ich lese gern Sachen über Schnee, sagte das sympathische Wesen, das weich gezeichnete, offene Gesicht freundlich lächelnd, mir freimütig antwortend. Ich nickte, blieb aber zunächst eine Weile sprachlos, denn solche Antwort habe ich gewiss nicht erwartet. Schliesslich sprudelte es aus mir heraus, ja, der Autor, Pavel Kohout, schon vor dem Prager Frühling weltberühmt, vor allem dank seinem Theaterstück „August, August, August"; nach dem Einmarsch der Russen 1968 ausgebürgert, demzufolge er in Wien sein Emigrantenleben führte, so wie ich meines in der Schweiz... Das Mädchen nahm meine Aufklärung geduldig auf und bedankte sich am Schluss sogar, das sei interessant. Ich habe ihr dann noch die Bücher „Wo der Hund begraben liegt" und „Aus dem Tagebuch eines Konterrevolutionärs" empfohlen, die hier auch immer wieder zu finden sind. Mit einer leichten Vorbeugung für so viel Aufmerksamkeit kehrte ich zurück auf die andere Schrankseite.

Für mich ist es jetzt unmöglich, keine Ausschau nach Büchern mit „Schnee" im Titel zu halten. Prompt, bereits am nächsten Tag, fällt mir das Buch „Schnee am Ayers Rock" auf. So gern würde ich das für die Unbekannte, der Schnee Verfallenen aufbewahren, aber wo denn...? (Einen Monat später ist der „Schnee" immer noch da, nicht weggeschmolzen, wartet auf seine Leserin.)

Und wer bin ich? Ja, auch ein Tscheche, einer aus Prag, so wie nebst Pavel Kohout, Milan Kundera, Bohumil Hrabal, Ivan Klíma oder Franz Kafka, die als Schriftsteller die Weltbühne betraten und in viele Sprachen übersetzt wurden; hier im Solothurner Bücherschrank sind sie (noch) oft zu Gast. Ich masse es mir nicht an, mich mit ihnen zu vergleichen, doch zwei Bücher habe ich geschrieben, das eine auf Englisch, das andere auf Deutsch, beide unter dem Pseudonym Georg Aeberhard. Dasjenige auf Deutsch heisst „Auf den Hund gekommen..." und schildert das Leben in den Strassen der Kleinstadt Solothurn, mit dem Offenen Bücherschrank im Mittelpunkt.

Rien Ne Va Plus – One Life's Coincidences schildert 38 Zufälle aus meinem Leben, die sich in Prag, in Zürich, in St. Petersburg oder in San Francisco ereigneten (Ja, C.G.Jungs Theorien der Synchronizität waren hilfreich bei der Auswahl). Dass ich es auch im Bücherschrank finde, ist wohl ebenfalls eine kleine Koinzidenz, umso mehr, als auf dem Buchrücken neben meinem Pseudonym mein richtiger Name dazu geklebt worden ist. Apropos Zufall, eher Zufälle, das „Unmögliche": Jaroslav Grofs „Impossible. Wenn Unglaubliches passiert" kann das behilflich sein. Seine Forschung und Lehrtätigkeit auf dem Gebiet der transpersonalen Psychologie brachten ihn von der Karls Universität in Prag zum Esalen-Institut in Big

Sur in Kalifornien, nach Baltimore und schliesslich Wiesbaden; als einer der ersten setzte er sich für die Legalisierung der psychedelischen Substanzen inklusive LSD ein. Darüber im Detail in seinem Buch „Impossible", das auch den Weg hierher fand.

Ich bin Büchern von klein auf verfallen und jetzt, nahe am Alter eines Methusalems, ab und zu am Gehstock gehend, nicht weit entfernt wohnend, bin ich immer noch gleich süchtig nach Geschriebenem, wie wenn ich noch im Alter eines jungen Werthers wäre. Es zieht mich zum Bücherschrank hin, neugierig, was da einem begegnet, Altbekanntes anzutreffen, Neues zu entdecken. Das Alter kommt mir am Bücherschrank in die Quere. Ich verliere hier den Gehstock, da die Bücher in mir einen Elan herbeizaubern, den ich fast nicht zügeln kann. Ich verliere dann die Kontrolle über mich. Die Frage, was gehört sich noch für einen Senioren, hat überhaupt keine Zeit aufzukommen, wie neulich...

Über den Bücherrücken erblicke ich eine attraktive Mittfünfzigerin, die einen Kopfhörer anstelle eines Haarbands trägt und in ein Buch vertieft ist, dessen Titel ich nicht sehe. Ich vergesse mich beim Betrachten ihres Wesens, sie muss es gespürt haben und blickt zu mir hinüber. Wir lächeln einander verhalten an, spontan gehen wir gleichzeitig um den Schrank aufeinander zu.

Das haben wir in Zürich auch, aber nicht so schön, sagt die Frau, die wie ein Hippiegirl gekleidet ist; oder eher fernöstlich; sie muss ihre beste Zeit in Goa gehabt haben. Sie hätte schon vor einigen Jahren in Solothurn gelebt, jetzt komme sie von Zürich her und das sei ein schönes Willkommen, die Begegnung hier am Bücherschrank. Für mich ist das hier eine tägliche Freude, Begegnungen mit literarischem Altem und Neuem, Überraschungen zuhauf, Ablenkung vom Alltag, ein Mittel gegen die Rentenalter-Monotonie, sage ich. Sie suche eher nach Büchern die das Heilen, die Gesundheit als Thema haben, meint die Frau und ergänzt, sie müsse langsam weiter. Über die Brücke in die Stadt? Ich hätte den gleichen Weg. Gut, gehen wir doch zusammen. Am Ende der Brücke scheiden sich unsere Wege, aber wir tauschen noch schnell unsere Visitenkarten aus. Die

Visitenkarte meiner neuen Bekannten schaue ich erst zuhause an und schmunzelnd lese ich die einschlägigen Zeilen, die sie als praktizierende Tantra-Instruktorin erweisen. Auf jeden Fall ist meine Neugier geweckt, Tantra und all das Fernöstliche war für mich ein Leben lang ein verschlossenes Kapitel und jetzt schlägt das Schicksal zu. Kurz entschlossen schicke ich eine E-Mail und es freut mich sehr, welche Antwort ich umgehend erhalte. Es sei erstaunlich und wunderbar, welche Begegnungen das Leben einem manchmal vorbereitet, so zwischen den Büchern hindurch, hier im verschlafenen Solothurn nach vielen Jahren wieder. Ich antworte nicht weniger erfreut, dass ich diese positiven Gefühle angeregt habe, und dass auch meine Geschichten angekommen sind. Ich glaube, ein weiteres Kapitel in meinem Leben geht zu Ende, aber ich bin deswegen nicht traurig, denn so lange mein Vermögen sich zu erinnern wahrt, bleibt die Zeit mit Dir prominent aufbewahrt, obwohl aus mir gewiss kein Tantra-Novize wird.

Aber ausgerechnet kurz darauf, finde ich (wartet es auf mich?) das Buch „Lingam

Massage" von Michaela Riedl und Klaus Jürgen Becker, das sein Pendant in „Yoni Massage" von denselben Autoren hat. Die Ausdrücke „Yoni" und „Lingam" gefallen mir viel besser als das P-Wort oder das V-Wort, sie klingen nicht so medizinisch, eher magisch.

Alberto Manguel, der Autor von „Alle Menschen lügen"[2], ruft uns in Erinnerung, dass Sigmund Freud die Hypothese äusserte, dass nichts zufällig stattfindet, dass alle Ereignisse aus unserem Inneren heraus veranlasst werden. Wenn ich das hier niederschreibe, dann kommt mir gerade in den Sinn, dass mein Vergnügen an dieser Wundertüte, dem Offenen Bücherschrank, nur möglich ist, weil in meinem „Inneren" gewisse Literaturwerke gut gelagert sind und ihre eigenen Synapsen kreieren, sei es untereinander oder sei es zu anderen Medien wie Film, Theater oder Musik. Dieser Zustand ist wohl am besten in Bohumil Hrabals Buch „Allzu laute Einsamkeit" beschrieben. Die Werke Hrabals sind ein wunderbares Beispiel für das Zusammenspiel mit dem Medium Film. Fast alle seine Novellen und Romane sind kongenial von Jiří Menzel[3] verfilmt worden, und die „Scharf beobachtete Züge" wurden sogar mit einem Oscar belohnt. Übrigens, ein Solothurner tschechischer Abstammung, Robert Kolínský, erwies dem Regisseur eine Reverenz mit dem Film „Jiří Menzel - To Make a Comedy Is No Fun", 2016, noch kurz vor seinem Tod gedreht.

So, jetzt mal genug von meinen Landsleuten, von meinem geopolitisch vermurksten mitteleuropäischen Kulturraum[4]. Wie wäre es mit dem Balkan? Albanien beispielsweise? Oder mit Übersee? Kuba vielleicht? Im Schrank habe ich Ismail Kadares Buch "Der General der toten Armee"[5] gefunden und in einem Zug verschlungen. Wieso weckte der Name Kadare meine Neugier? In den siebziger Jahren lernte ich in Zürich einen gewissen PKW kennen, den Dichter Peter K. Wehrli, den späteren Kulturredaktor am Schweizer Fernsehen; er hatte einen rotfarbigen Stempel mit dem Text „Würde man es merken, wenn etwas nicht geschieht?", den verwendete er für die abzulehnenden Projektideen. Ich war schwer beeindruckt von ihm, weil ich wusste, dass er unterwegs im Tram zum Leutschenbach-Studio täglich die albanische Sprache lernte, und dank PKW kam ich eben auf Ismail Kadare, der im Westen allmählich bekannt wurde. Es kam sogar zu einer starbesetzten Verfilmung seines ganz besonderen, spröden Buchs. Ein Genuss: Marcello Mastroianni spielt den General, Michel Piccoli einen ihm zugeteilten Geistlichen. Mit lokaler Unterstützung sind sie auf der Suche nach den im Zweiten Weltkrieg in Albanien gefallenen italienischen Soldaten, sie führen Statistiken nach und schauen dazu, dass eine ordentliche Bestattung womöglich stattfinden kann.

Wenn wir schon vom Medium Film und von Albanien sprechen, möchte ich Gianni Amelios Film „LAMERICA"[6] in Erinnerung rufen, der 1991 in Albanien gedreht wurde und für mich die blitzschnelle, chaotische, drastische Verwandlung einer realsozialistischen Diktatur in eine skrupellose kapitalistische Gesellschaft exemplarisch und stellvertretend zeigt: von Berlin über Prag bis nach Tirana greifen die Mafia und die Finanzgenies hemmungslos zu; dabei behilflich sind ihnen die ehemaligen korrumpierten Systemprivilegierten, wie Stasi-

Mitarbeiter, Geldwechsler, Kellner, Taxifahrer sowie Fleisch- und Gemüsehändler sowie allerlei Mangelware-Schieber. Diese Filmgeschichte geht übrigens bis zum Zweiten Weltkrieg zurück, weil der zunächst stumme, lokale „LAMERICA"-Protagonist sich als ein italienischer Soldat entpuppt, der seit dem Ende des Zweiten Weltkriegs bis in die Gegenwart in einem Gefängnis darbte.

Und das mit Kuba? In diesem Fall verlief es verkehrt um. Zuerst sah ich Julian Schnabels Film "Bevor es Nacht wird", und später sah ich die literarische Vorlage im Bücherschrank, die Autobiographie von Reinaldo Arenas. Der Film entstand selbstverständlich nicht als eine kubanische Produktion, sondern wurde von New York aus produziert; Javier Bardem spielt den schwulen kubanischen Dichter, dem die Flucht in die USA gelingt, zusammen mit offiziell ausgebürgerten Irren und Kriminellen, einem ganzen Schiff voll von ihnen[7]. An AIDS erkrankt, nimmt sich Reinaldo Arenas später in New York das Leben.

Ich muss noch zurückblättern zu P.K. Wehrli und der Zürcher Filmszene, denn einige der

Bücher, die ich im Offenen Bücherschrank fand, waren von oder über Leute geschrieben, die ich dank meiner Tätigkeit als freischaffender Drehbuchautor und Regisseur kannte, unter anderem von Guido Bachmann, Christine Brunner, Anne Cuneo, Linus Reichlin oder Peter Zeindler. Als "Ziehkind" der Produktionsgesellschaft Condor-Film kannte ich die Schauspielerin Anne-Marie Blanc, über die Anne Cuneo einen Film gedreht hatte und gleichzeitig ein Interview-Buch herausgab. Und kaum hatte ich dieses Buch nach Hause getragen, stand da das Buch "Lächeln am Fusse der Tonleiter", verfasst von Anne-Marie Blancs jüngstem Sohn Daniel Fueter, der Pianist und Komponist und der später Direktor des Zürcher Konservatoriums war. Mit beiden, mit der Mutter und dem Sohn, hatte ich die Ehre zu arbeiten: Anne-Marie Blanc sprach zusammen mit Mathias Gnädinger den Kommentar im Film "Der Sammler ein Künstler", 1987, Daniel Fueter komponierte die Musik.

Die Aare. So wie der Text jetzt kommt, könnte der werte Leser einer intellektuellen Ermüdung erliegen. Schauen wir mal von den Büchern weg, es wird irgendwie laut an der Aare-Brüstung; eine Szene aus dem Leben, filmreif:

Eine hagere Schweizerin, Mittvierzigerin, führt eine durchmischte Gruppe von etwa einem Dutzend Asylanten an. Sie weist auf den Fluss hin, und gleich einer Lehrerin der ersten Klasse sagt sie laut und deutlich:

"Das ist die Aare."

"Das ist die Aare," wiederholt der Chor der Asylanten disharmonisch .

"Die Aare ist schön!"

"Die Aare ist schön."

"Die Aare ist kalt."

"Die Aare ist kalt."

Es ist kalt, nicht nur die Aare ist kalt. Den Flüchtlingen ist es auch kalt, die Kragen hochgesteckt, in Schalen und Mützen vermummt. Ich war auch einmal ein Flüchtender, nein, ich war zuerst ein Flüchtling, damals 1968, dann wurde ich Asylant, staatenlos, und nach mehr als einem Dutzend Jahren endlich Schweizer; ich schaffte es auch noch, ein Auslandschweizer zu werden, aber jetzt in Solothurn, da bin ich wieder ein Schweizer, aber einer mit Migrationshintergrund.

Ein Flüchtling kann man auch im eigenen Land sein. So ist es mir in meinem Ursprungsland gegangen, als ich dort nach zwanzig Jahren eben als Auslandschweizer lebte und die Sitten nicht mehr verstand, oder besser gesagt nicht ertrug. An einem anderen Ort habe ich es so abgefasst: „Und ich für mich sage das Gleiche wie der Kundera-Rezensent Lüdke im „Perlentaucher": "Er ist von der Heimat in die Fremde gegangen und zurück in die Heimat, um doch nur endgültig in der Fremde anzukommen" – in meinem Fall als Bürger von Zürich in Solothurn. Diese Stadt gab das Bürgerrecht Peter Lotar, einem Prager Emigranten der Zeit der Nazi-Besetzung der Tschechoslowakei im Jahre 1939 und er macht eine ähnliche Aussage in seinem Buch "Das Land, das ich dir zeige", im Kapitel "Unterwegs", die Okkupationstage im August 1968 in der Schweiz erlebend: "Jetzt stehe ich auf dem Münsterplatz in Zürich. Mit Fackeln sind wir durch die Strassen gezogen. Schweizer mit geflüchteten Tschechen und Slowaken. Morgen, übermorgen werden andere flüchten. Es hört nie auf. Die Fackeln unter mir flackern im Rauch. Die Glocken schweigen. Man hat mich gebeten, etwas zu sagen. Schwer, sehr schwer fällt mir das – Worte, blosse Worte – was vermögen sie? Aber Hunderte warten darauf. Am Ort unserer Geburt können wir fremd werden, und dort, wo wir nie zuvor waren, kann man zu sich finden… Unser wahres Zuhause ist die Querfront der Menschlichkeit. Sie erstreckt sich durch alle Länder, Völker und Rassen." (Zu Peter Lotar kehre ich noch zurück.)

Kalt haben, einsam sein, sich daran zu reiben, die Seele zu retten versuchen und nicht untergehen, davon gibt es da im Schrank nicht wenige Bücher, Fach- und Sachbücher, die

Therapien anpreisen, usw. sicher gut gemeint, aber die meisten scheinen mir auf Irrwegen zu sein; heute gerade stach da ein Titel hervor: „Gestatten Sie, ich bin ein Arschloch". Mal schauen, ob es das Buch morgen noch dort gibt. Ich habe eben nicht viel übrig für Psychologie, ich halte es mit Franz Kafka und seiner Aussage, die Peter von Matt zitiert: „Arbeit als Freude, unzugänglich den Psychologen..."[8]

Peter von Matt bringt dieses Zitat in Zusammenhang mit der Rolle des Schreibens: „Aber schreiben werde ich trotz alledem, unbedingt, es ist mein Kampf um die Selbsterhaltung", steht es im Absatz "Selbstgewinn im Schreiben: der magische Satz", dem ein zweiter Absatz folgt, der den Titel „Lesen als Zuhausesein" trägt. Als einem Laien ist mir der Literaturprofessor dank dem Bücherschrank nahe gegangen, einige seiner Bücher habe ich nach Hause getragen, andere dazu gekauft, und sie lesend ist mir sein „Lesen als Zuhausesein" eigen geworden.

Franz Kafkas Abneigung der Psychiatrie gegenüber war auch André Breton nicht fremd, wobei er sie auch als Vorwand benützte, um seine ins Sanatorium überwiesene Muse Nadja nicht besuchen zu müssen.

Das Schaffenspensum Peter von Matts ist unwahrscheinlich umfangreich, aber stets gut lesbar vorgebracht. Er verfügt über die bei Literaturkritikern seltene Fähigkeit, ein Thema spannend zu erzählen, macht einem die Augen auf, verführt den Leser dazu, wie in einen Krimi einzutauchen. Zuletzt ist mir das Buch „Die

sieben Küsse" in die Hände geraten, die dem
Thema Glück und Unglück in der Literatur
gewidmet ist; es kommen vor: unter anderem
Werke von Virginia Woolf, F. Scott Fitzgerald,
Heinrich von Kleist, Marguerite Duras oder
Anton Tschechow.

Was den Begriff „ein Kuss" angeht, das
Gedicht „LIEBE, ACHJA" von Ludwig Fels
drückt es so aus:

Ein Gedicht über die Liebe schreiben

vom Schlaf träumen, bevor man stirbt

ein Gedicht über die Liebe, aber

welches Gedicht über welche Liebe

und was, wenn die Liebe

gar keine Liebe war und das Leben

viel zu kurz für den ersten Kuss?

Dem kunstkritischen Können von Peter von Matt nähert sich Werner Fuld, der die „Geschichte des sinnlichen Schreibens" 2014 veröffentlicht hatte. Der Autor macht auf über 500 Seiten einen riesigen kulturgeschichtlichen Bogen voll einleuchtender Beispiele der sich wechselnden Stellung der erotischen Literatur und demzufolge auch der Sitten der jeweiligen Periode. In einer der Rezensionen heisst es: „Nicht erst seit Kurzem – schon immer wurde erotische Literatur hauptsächlich für Frauen geschrieben», so postuliert Werner Fuld seine aufsehenerregende These. In seinem Buch schreibt er die Geschichte der sinnlichen Literatur neu. «Erotische Literatur wird heute meist von Frauen für Frauen geschrieben…"

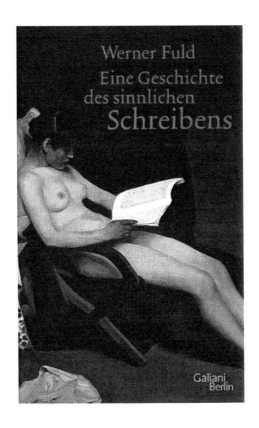

Als ein Intermezzo erlaube ich mir hier, meine amerikanische Lieblingsautorin Lorrie Moore zu zitieren, obwohl ich im Bücherschrank bisher kein Werk von ihr gefunden habe: "Once love had seemed like magic. Now it seemed like tricks." Like Life, 1988

Das wahre Lebensdrama, literarisch auf höchster Stufe zum Ausdruck gebracht, das ist im Schrank ebenfalls zu finden. Manchmal wundere ich mich, wer ist die Person, die hier die Bücher deponiert, die so einen Eindruck auf mich auszuüben vermögen; einige Beispiele: Sylvia Plaths „Die Glasglocke", neben dem „Das Brandmal - Das ewige Lied" von Emmy Hennings. Emmy Hennigs mag stellvertretend sein für die vielen mittellosen Mädchen vom Lande, die in den Grossstädten wie Paris, London oder Berlin um die zwei vorletzten Jahrhundertwenden ihr Auskommen auf den Strassen fanden oder einen Verehrer erlangten, der ihnen ein grosszügiges Auskommen garantierte. Emmy Hennigs schaffte es auf die Bühne, hatte Hugo Ball als Freund, lebte schliesslich aufgehoben im Tessin, in der Sonnenstube. Caroline, das Model von Alberto Giacometti, welche vierzig Jahre jünger als er war, fuhr durch Paris im roten MG-Cabrio und Alberto sagte ihr, wo sie anzuhalten hätte, damit er welche Impressionen skizzieren konnte. Das Leben der besseren Bohemiens in Paris vor und nach der Kommune 1870 ist da reich an weiteren Beispielen. Julian Barnes, dessen Werke erfreulicherweise oft anzutreffen sind, beschreibt das Sittenbild in seinem "Der Mann im roten Mantel"[9] anhand einer konkreten Persönlichkeit, des Gynäkologen namens Pozzi, der unter anderem Freund von Marcel Proust war. Dieses Buch habe ich jedoch gekauft, ein Festband, da es sehr viele, teils farbige Illustrationen hat (englische Ausgabe, gedruckt in China). Für mich das meist berührende Beispiel eines Lebens eines Fräuleins, das aus der Provinz in die Gassen von Paris flüchtet, ist "Nadja"[10], geschrieben jedoch nicht von ihr, aber von ihrem Liebhaber André Breton. Nadja ist ein ephemeres Wesen, das André Breton auf seinem Weg zur Definition des Begriffs Surrealismus führt: "Die Schönheit wird KONVULSIVE sein, oder nicht sein."

Léona Delcourt: Selbstporträt, 1926 (wiki common)

Ich komme mir gerade sehr blöd vor, so eine Epiphanie wie Nadja sie für Breton verkörperte, dem Leser nahebringen zu wollen. Lesen muss man Bretons "Nadja", mit richtigen Namen Léona Delcourt, und laut französischer Wikipedia erfahren wir, wie unvorstellbar tragisch-surrealistisch Nadjas Lebensende verlief Léona Delcourt stirbt am 15. Januar 1941: Sie wäre wahrscheinlich an einer Typhus-Epidemie gestorben, die durch die chronische Unterernährung noch verschlimmert wurde, die wie bei 78 000 anderen Geisteskranken von der Vichy-Regierung in Übereinstimmung mit der nationalsozialistischen Ideologie heimlich betriebene Politik der Hungervernichtung zurückzuführen ist[11].

Was ist passiert? Nadja verbrachte ihre letzten vierzehn Jahre in stationären psychiatrischen Behandlungen. Nach der Okkupation Frankreichs jagten die Deutschen die Patienten des Irrenhauses in Bailleul ins Freie hinaus, was zur Folge hatte, dass sie verhungerten, die angestrebte Auslöschung der unwerten Leben dieser Nazi-Ideologie fand auf diese Art und Weise statt.

Einem aktuellen, wahren Lebensdrama kann man bei dem Offenen Bücherschrank ebenfalls begegnen, offenherzig erzählt, aber wohl nie zu einem Buch verarbeitet. Denn es kommen auch Leute vorbei, die keine Bücher suchen, sondern einen Ansprechpartner. Nach einigen Konver-sationsfloskeln beginnen sie dann über sich selbst zu sprechen. Oft hinkt eine korpulente Frau heran, etwa 60-jährig, in unförmigen Hosen und in einer grauen Daunenjacke gekleidet, gefolgt von einem ebenfalls hinkenden, ergrauten Hund, dessen matte Augen vor Trauer und Alter triefen. Mit dieser Passantin grüssen wir uns inzwischen mit einem Lächeln und meistens fachsimpeln wir eine Weile über die unzähligen Gebrechen unseres Bewegungsapparates. Ihre Mundwinkel weisen nach oben und ihre funkelnden Augen prägen das ovale, freundliche Gesicht, sodass sie stets einen gut gelaunten Eindruck erweckt. Doch ihre Geschichte ist alles andere als heiter. Ja, sie hinkt, weil sie beide Hüftgelenke hat ersetzen müssen, ihr Mann ist kürzlich verstorben, sie brachte Zwillinge zur Welt, aber das eine Kind war tot. Ja, diese Namenlose ist „auf den Hund gekommen", das ist uns ein gemeinsamer Nenner (obwohl ich weder einen Hund habe noch einen will). Aber sie ist eben immer gut gelaunt und das ist ansteckend, das tut gut. Andere Passanten setzen unaufgefordert zu einem Monolog an und erwarten meinerseits volle Aufmerksamkeit - da flüchte ich auf die andere Bücherschrankseite und vertiefe mich in das erstbeste Buch, nach dem ich greifen kann.

Die Handlung meines Buchs „Auf den Hund gekommen..." spielt sich im Hochsommer ab, während der Hundstage, ich streune da Richtung „Hafebar", trinke da ein Glas Wein, oder ich gehe bis zur Buchhandlung Lüthy, wo es feinen Espresso gibt, spreche mit Fremden genauso wie mit Bekannten, und ich kann den Bücherschrank mit seinen Funden für eine Weile vergessen, mich erholen (wobei ein Fund gewiss vor mir auf dem Tisch liegt). Diesmal schreibe ich diese Zeilen zur Adventszeit, während die Stadt an der Aare unter dem Hochnebel trüb eingehüllt ist... plötzlich ein massenhaftes Gekrächze, die Rabenkrähen heben ab, um ihre Lufthoheit über dem Fluss gegen die zugezogenen Möwenschwärme zu verteidigen. Eine Flugschau, wobei die Eleganz der Möwen mit ihrem jauchzenden Gepiepe mir eher zusagt. Eine willkommene Ablenkung. Es wird auch früh dunkel, die Buchtitel sind kaum mehr lesbar, und so humple ich über die Brücke in die Stadt zurück. Es kommt mir in den Sinn, dass mit der Adventszeit auch die Rokoko-Figuren der Ambassadorenkrippe in die

Jesuitenkirche einziehen und ich gehe sie schauen.

Auf der anderen Seite des Kirchenschiffs befindet sich der Altar des Hl. Ignatius, da zündet man Kerzen an, hier kann man auch Fürbitten für die Messen aufschreiben; heute fallen mir zwei auf, von Kindern gekritzelt:

Halo Jesus. Ich wünsche mir das ich katholisch bin.

Eine Ayleen schreibt: *Jesus. Ich will das mama eine Arbeit hat.*

Der Mensch muss schreiben, es scheint, es ist sein innerstes Bedürfnis, eine Botschaft auszusenden, bittend, dichtend oder zumindest seine Umgebung mit Schlagzeilen traktierend; wie die vielen Sprüche auf den T-Shirts oder Jacken, und neuerdings zunehmend auch auf verschiedensten Körperteilen tätowiert. Dass Idioten sich mit unverständlichen Sprayereien auf den breiten Platanenstämmen verewigen müssen, gleich neben dem Bücherschrank, gehört in die Kategorie Psychiatrie, aber bekanntlich ist die menschliche Dummheit grenzenlos und teilweise epidemisch.

Sprayereien am Stamm eines Platanenbaums in unmittelbarer Nähe des Bücherschranks

Ja, und Vandalen haben wir hier in Solothurn auch zur Genüge. Zweimal schon wurde der Schrank zu ihrem Ziel, die teuren, splitterfesten Glasscheiben mussten daran glauben und ersetzt werden ... Mussten?

Nun, am anderen Tag, wieder munter unterwegs zum Bücherschrank, kommt ein magerer Nordafrikaner an mir vorbei, auf dem Rücken Weiss auf Schwarz „I do nothing". Ja, gut, ich mache ja auch nichts, aber es in die Welt stolz hinauszuposaunen ist doch etwas anderes. Eher würde ich eine Warnung verkünden à la „Extinction Rebellion", und sich mit den letzten Dingen beschäftigen, so wie es die Autoren der folgenden Bücher tun: "Wege zu einem humanen, selbstbestimmten Sterben", oder "Jeder Augenblick könnte Dein letzter sein". Jetzt, im zweiten Jahr der Pandemie, ist es gewiss nicht abwegig, für den Abschied bereit zu sein; die «exit»-Karte trage ich stets auf mir.

Mit dem „lebenswichtigen" Schreiben kann man die Zeit bis dahin gut und mit Genuss ausfüllen, so wie es Josef Hader[12] sieht: „Schreiben ist die beglückendste Arbeit, die ich kenne. Es ist wie eine Biodroge, mit der man aus völliger Verzweiflung darüber, dass einem nichts einfällt, in die größte Euphorie gelangen kann, wenn man den richtigen Einfall hat. So einen Effekt bewirken normalerweise nur verbotene Substanzen, aber beim Schreiben geht es ganz von selbst. Und diesen Zustand, in dem ich jeden Tag mein Pensum schreibe und in einer Geschichte lebe, den könnte ich monatelang aushalten." Kurz eine Synapse zu einer Synapse: Josef Hader ist auch ein Schauspieler, der den Schriftsteller Stefan Zweig im Film „Vor der Morgenröte"[13] brillant verkörperte. Ja, den Stefan Zweig, der uns die literarischen Portraits der Grossen des 19. Jahrhunderts hinterliess, zusammengefasst in "Die Baumeister der Welt", lebendige Portraits von Nietzsche, Stendhal, Tolstoi, Dostojewski und vielen mehr.

Die Pandemie, die Altersgebrechen, das Alter an sich, prägen den Ablauf meiner Tage und ich wundere mich jeweils, was noch dazu kommt. Also dann, weg von der „Insomnia oder Die schönen Torheiten des Alters (The Devil At Large)" von Henry Miller und lieber zur „Brust" von Philip Roth? Zu diesem Thema ist es passend, Richtung Südamerika aufzubrechen, zu den zwei Nobelpreisträgern Mario Varga Llosa oder Gabriel García Márquez, dessen Roman „Hundert Jahre Einsamkeit" (1967) ein Dauergast im Schrank ist; kürzlich kam das Büchlein „Erinnerung an meine traurigen Huren" dazu (2011); kaum gesehen, mitgenommen. Meine „woke" Freundin verdrehte darüber vorwurfsvoll die Augen.

„Lob der Stiefmutter" von Mario Varga Llosa verarbeitet das Thema der nachlassenden Manneskraft mit diesem Satz: „Und plötzlich sehnte seine malträtierte Phantasie sich verzweifelt nach Verwandlung: er war ein einsames Wesen, keusch, bar von Gelüsten, gegen alle Teufel des Fleisches und des

Geschlechts gefeit. Ja, ja, das war er. Der Anachoret..." (1988)

In der letzten Zeit stosse ich immer wieder auf den Begriff **„Ghosting"** - was versteht man darunter? Eine Definition besagt, dass es sich bei Ghosting („Geisterbild", „Vergeisterung") um einen vollständigen Kontakt- und Kommunikationsabbruch ohne Ankündigung handelt (in einer zwischenmenschlichen Beziehung Partnerschaft oder Freundschaft). Ich habe den Verdacht, dass etwas Ähnliches zwischen dem heutigen Leser und den früheren Büchern passiert. Als ich etwa im Jahre 2015, vor sieben Jahren, den Offenen Bücherschrank zu frequentieren begonnen habe, war da oft eines oder mehrere Bücher von Imre Kertész[14] zu finden; die habe ich alle verschlungen und mir Einiges herausnotiert. Die Paradoxien seines Lebens waren, dass der Schriftsteller, Autor von **„Roman eines Schicksallosen"**[15] bis kurz vor seinem Tod in Berlin lebte, und dass ihm die Freude am Schreiben vergangen ist, als er den Nobelpreis erhalten hatte; der Preis hätte ihn vernichtet, zu einem Clown gemacht, zu einer Aktiengesellschaft, einer Marke Kertész[16].

Seine Bücher sind nun wie verschwunden, wohl Opfer des Ghostings. Dem Thema selbst, dem Überleben respektive der Ausrottung der Juden gehen nun die Enkelkinder nach, oder es werden Bücher der weiteren Zeitgenossen von Imre Kertész' wie des Sándor Lénárds[17], des Autors von „Am Ende der Via Condotti", 2017, verlegt. Peter Nadás reiht Lénárd, der die Nazi-Zeit in Rom überlebte, zu den ewig Verbannten, die eine Heimat fanden, wohin sie das Schicksal auch verschlug, z.B. nach Rom. Hier eine Lénárdsche Beobachtung: „Im Laufe unseres Lebens kündigt uns das eine oder andere Organ seinen Dienst auf, begleitet uns dann nicht weiter [...] Es gibt eine Liebe, auf die keine vergleichbare mehr folgt, etwas aber bleibt dort zurück, wo das Gefühl geboren wurde... Etwa um das vierzigste Lebensjahr versagt das Organ, das Gedichte hervorbrachte...". Nun, da würde ich Einspruch erheben.

Die Bücher von Péter Nadás oder Péter Esterházy bringe ich nach der Lektüre ins „Poetariat" von Geerd Gasche, genauso wie ich es mit den meisten bereits erwähnten Büchern getan habe. Im „Poetariat" sind die Bücher bestens aufgehoben, vor allem kann man da absitzen und in Ruhe sich mit Geerd Gasche austauschen („Synapsen schlagen"), da hier das 20. Jahrhundert bestens dokumentiert ist und günstig erworben werden kann.

Damit kein falscher Eindruck entsteht: der Poetariarer bringt Bücher in den Offenen Bücherschrank, jene, die nicht in sein Sortiment passen. Es gibt aber auch Leute, die sich dank den Gratis-Büchern zu Geld verhelfen wissen. Immer wieder sehe ich eine schmuddelige Frau mit einem Einkaufsrollo zielstrebig zum Schrank eilen, wo sie ungemein schnell und offenbar mit gewisser Übersicht die Glasabdeckungen anhebt und Tablare für Tablare durchsucht. Die Bücher landen im Einkaufsrollo. Einmal im Monat findet ja in Solothurn der Monatsmarkt statt und da hat sie ihren Abnehmer an einem Antiquariatstand, der die Bücher bündelweise entgegennimmt. Na gut, die Bücher zirkulieren, keiner kommt zu kurz.

Den Zweiten Weltkrieg aus der Schweizer Sicht oder besser gesagt von der neutralen Schweiz aus gesehen, beschreibt Yvette Z'Graggen in ihrem Buch „Die Jahre des Schweigens" (2001, deutsch erst 2010). Sie war damals in ihren Zwanzigern und fünfzig Jahre später recherchierte sie die Genfer Tagespresse, um zu erfahren, was man in der Schweiz wohl wissen konnte, wissen wollte - oder auch nicht, so wie es der Buchtitel andeutet. Spannend und ganz anders ist diese Schweizer Sicht durch die Augen von Peter Lotar, einem Prager Juden, der in der Schweiz Zuflucht fand, aber sich während seiner fragilen Existenz am Theater in Solothurn gleich noch darum bemühte, seine Schwester zu retten, die vergeblich Schutz in Frankreich gesucht hatte und von der Vichy Republik nach Anweisung der Deutschen in ein Vernichtungslager abtransportiert wurde. Peter Lotar ist es nicht gelungen, rechtzeitig 300 Franken für einen „passeur" in die Schweiz aufzutreiben. Nachzulesen in „Das Land, das ich dir zeige".

Wechseln wir mal kurz zu einem leichteren Thema und werfen einen Blick in den schmalen Band **„Neues von Radio Eriwan"**, dessen Fragen und Antworten aus der sowjetischen Zeit stammen, aber leider teilweise wieder hoch aktuell sind:

Lohnt es sich, einen fünf Jahre alten Fernsehapparat reparieren zu lassen?

Im Prinzip ja, das Programm wird dadurch aber nicht besser.

Diese vorgefundene Ausgabe[18] ist von Ivan Steiger illustriert, einem aus Prag nach München geflüchteten Karikaturisten.

Dass der „Offene Bücherschrank" zu einer **Inspiration** provozieren kann, zeigt schon das Büchlein „Auf den Hund gekommen...", es zu schreiben, mich quasi zu seiner Verehrung angeregt hatte. Dank einem unförmigen, spiralgebunden Fotobuch, das da flach über zwei Reihen oben darauf lag, kam es zu einer zweiten Realisation. Das Thema des Fotobuchs war die Stadt Brig, eingefangen in Schwarz-Weiss-Bildern, die man sogar über die Buchdeckel ausfalten konnte. Da hatte ich die Eingebung, ich sei im elften Jahr in Solothurn, in dieser Stadt wo die Zahl „11" mythologisch verankert ist. Und so entstand das ebenfalls spiralgebundene Fotobuch (A4), gestaltet in elf Kapiteln zu je elf Fotos. Die Mythologie weitertreibend, habe ich mich entschieden, eine limitierte Ausgabe von 121 Exemplaren heraus-zugeben; als eine Hommage an die Stadt meiner letzten Tage. In der Einleitung zu diesem Fotobuch erwähne ich noch, dass ich vor einigen Jahren mit der Diagnose des angebrochen elften Wirbels meines Rückens irgendeinmal im Laufe meines Lebens beglückt wurde.

Nun, zurück zu Literatur. Endlich auch zu **Schweizer Literatur?** Im Bücherschrank findet man eher Frisch als Dürrematt, einiges von Alex Capus, Thomas Hürlimann, Pedro Lenz, Linus Reichlin[19], Peter Stamm, Peter Zeindler oder Markus Werner. Ein halb vergessener Autor, Hans Boesch, tritt im Bücherschrank ab und zu in Erscheinung, zuletzt habe ich sein „Der Kiosk" gesehen. Hans Boesch war der erste konkrete Schweizer Schriftsteller, über den ich für den „Schauplatz" ein Portraitfilmchen unter dem Titel «Von Gefährdung und Bewahrung der Menschlichkeit» machen durfte. Auf der

Weihnachtskarte von 1983 schrieb Hans Boesch einen Satz, der damals wie heute zu einem Mutmacher erhoben werden könnte: „Müsste man die Menschheit nicht als Seiltänzer über dem Abgrund darstellen? Und trotzdem ist es rührend zu sehen, dass die Seiltänzer schon immer überzeugt waren, den Abgrund zu bewältigen."

Um **die Autorinnen** nicht zu übergehen: Milana Moser, Sibylle Berg, die wiederentdeckte Adelheid Duvanel oder Lore Berger kommen hier auch zum Vorschein. Da die Werke der zeitgenössischen Autoren - mit Verlaub - Allgemeingut sind, in den aktuellen Fernsehsendungen laufend erklärt und besprochen werden, trete ich besser in den Ausstand.

Verstreut sind ihre Bücher zwischen den vielen nordischen Krimis, den dicken Büchern à la Rosamunde Pilcher oder den Koch- und Gesundheitsbüchern. Irgendwie gelingt es mir, diese Kategorien aus meinem Spähblick auszublenden und dafür Altbekanntes oder Neues zu erfassen. Aber manchen Namen auf einer deutschen Ausgabe überspringe ich, weil ich die Werke bereits im Original gelesen habe. Der Vollständigkeit halber erwähne ich zumindest die Autorenamen, die bei mir „ring a bell": Paul Auster, Ian McEwan oder Richard Ford, John Updike, Kurt Vonnegut; Lydia Davis, Susan Sontag, Ann Taylor. Und viele Krimiautoren wie Margaret Millar, Ross McDonald, Raymond Chandler, Dashiell

Hammett. Ross McDonalds „The Chill" stand kürzlich im Regal ganz neu, gar nicht aufgebrochen die Seiten, obwohl bereits 1963 erschienen.

Im Zusammenhang mit den hier fehlenden Namen in anderen Sprachen oder aus früheren Zeiten, welche die Autoren der klassischen Belletristik wie Zola, Balzac, Hugo, Dickens, Melville beinhalten, muss ich leider feststellen, dass sie hier fast nicht mehr anzutreffen sind. Auch die Zeitspanne des Existentialismus ist eher spärlich vertreten: Albert Camus, Jean-Paul Sartre, Simone de Beauvoir. „Die Ehebrecherin" von Albert Camus war eines der wenigen Werke, die deutsche Erstausgabe des Verlags Arche, 1959, das mir im Bücherschrank sofort aufgefallen war. Das schmale Buch habe ich an mich genommen, denn es hat mich bereits dank ihrer tschechischen Ausgabe, 1965, fasziniert und mich schon damals dazu verleitet, übungshalber ein Drehbuch zu schreiben, womit ich mich für die FAMU, die Prager Filmakademie, bewerben wollte.

Allgemein habe ich eine Schwäche für die Erstausgaben, sei es eine wie die von Camus aus dem Jahr 1965, „Mars", 1977, von Fritz Zorn, oder „Kairos", 2021, von Jenny Erpenbeck.

Das Buch von Fritz Zorn führte mich in das Zürcher Milieu ein, in den 80er Jahren folgten weitere gesellschaftspolitische Werke wie „Verhör und Tod in Winterthur", 2002, von Erich Schmid. Das Buch „Swiss Paradise", 2001, von Rolf Lyssy schildert unter anderem, wie fragil die Existenz der Filmemacher in der Schweiz gewesen ist; dank den „Solothurner Filmtagen" kein Wunder, so ein Buch im Bücherschrank zu finden.

Einem guten **Krimi** bin ich nicht abgeneigt, und da habe ich praktisch alle Bücher von Ferdinand von Schirach gelesen und in seinem Roman „Tabu" sogar eine 20er Schekel-Banknote vorgefunden. Ferdinand von Schirach liegt mir besonders nahe dank seinem autobiografischen Buch „Kaffee und Zigaretten" (gekauft). Der Klappentext ist wohl nicht nur für sein Buch selbstsprechend, nachdem der Leser mir bis hierher gefolgt ist und meine Vorlieben kennengelernt hat: „Es geht um prägende Erlebnisse und Begegnungen [...], um flüchtige Momente des Glücks, um Einsamkeit und Melancholie, um Entwurzelung und die Sehnsucht nach Heimat [...], um die Idee Rechts und Würde des Menschen, um die Errungenschaften und das Erbe der Aufklärung, das es zu bewahren gilt."

Ich glaube, man kann Literatur in zwei Strömungen einteilen: diejenige, die forscht, entdeckt, zweifelt, und die andere, die einfach ein Genre ausbeutet. Beide erzählen uns Geschichten, aber wenn das Genre eine Reflexion quasi unterschlägt und ein Tiefgang fehlt, die Seele des Lesers bloss emotionell gekitzelt wird, bleibt das Leseerlebnis oberflächlich und es verlangt umso mehr Nachschub und Fülle; solche Bücher werden neuerdings wohl auch deshalb immer dicker.

Einen Autor habe ich mir bis **zum Schluss** aufgespart: Michel Houellebecq. Gerade ist in der NZZ Christian Martys Artikel „Was bedeutet intellektuelle Unabhängigkeit?"[20] erschienen. Dank den Werken dieses „freien Geistes", die ich ebenfalls im Bücherschrank herauspicken konnte, nämlich die Romane „Ausweitung der Kampfzone" und die „Unterwerfung"[21], kann ich die Schlussfolgerung Martys nachvollziehen – leider: „Vielmehr ist Michel Houellebecq der pessimistischen Ansicht, dass jede Politik, einerlei, ob von linker, rechter oder liberaler Seite, unvermeidlich im Desaster ende. Er geht von der Unumkehrbarkeit von Verfallsprozessen aus und folgt daraus, dass es auf ein Ende zugeht."

Am Samichlaustag 2021 im Schrank gefunden: „Ur und andere Zeiten" von Olga Tokarzcuk. Das bringt mich in die Knie, um bei den östlichen Autorinnen wie Ljudmila Ulitzkaja, Sofi Oksana oder Swetlana Alexandrowna Alexijewitsch, deren verschiedene Werke mehrfach im Offenen Bücherschrank vertreten waren, um Entschuldigung zu bitten, dass ihnen kein eigenes Kapitel gewidmet wurde. Das gilt auch für den neu entdeckten Gaito Gasdanow, zuletzt «Schwarze Schwäne».

Ein Rollator rollt heran

Ich stand auf dem ersten Absatz der dreimal elf Stiegen hinauf zur Kathedrale, im Kopf und im Herzen die Gedanken an die russische Barbarei in der Ukraine: Deo exercituum... steht da vergoldet auf dem Portal, glänzend an der Sonne vor einem klaren Himmelsblau.

Ich fasse mich, die Treppenabsätze hinaufzusteigen; sie zu erklimmen, das ist mein täglicher Fitness-Parcours im Kampf gegen den Muskelschwund in Folge der Polyneuropathie, die mir vor drei Jahren diagnostiziert worden ist.

«He, Jiří!», höre ich im Rücken die mächtige, immer gut gelaunte Stimme von meinem Bücherfreund Bruno. Ich drehe mich um und grüsse freudig zurück. Er kommt gerade den «Chronestutz» hinauf, sein Fahrrad mit einem Anhänger stossend; auf dem Anhänger ein zusammengefalteter blauer Rollator.

«Bruno, ciao! Wohin mit dem Rollator?»

«In den Werkhof, leider. Kein Altersheim, keiner will ihn. Also entsorgen.»

«He, warte Moment. Vielleicht könnte ich's bald brauchen.»

«Ja, was denn. Wieso?»

Ich weihte Bruno ein, ich erklärte ihm, was eine Stenose ist, dass die Wirbelsäule auch innen eine Arthrose entwickeln, die Nerven der Extremitäten abwürgen kann, und ich schloss damit ab, dass an mir ein operativer Eingriff noch gerade rechtzeitig vorgenommen wurde und man so einer Lähmung zuvorgekommen war. Jetzt, eben gerade, bin ich daran, da hinaufzusteigen, um «fit» zu bleiben.

«Brauchst ja in dem Fall keinen Rollator, oder?»

Ich erzählte Bruno, dass ich bei der späteren Entlassungskontrolle den Arzt fragte, ob so etwas wiederkommen könnte, und da lachte der Chirurg ungehemmt auf, oh ja! Ich schluckte leer, ich konnte bloss ironisch zurücklächeln.

Ich schaute mir den Rollator wieder an und sagte: «Weisst du was, ich könnte ihn zu mir nehmen - auf Vorrat sozusagen.»

«Ja, klar, ich bring dir ihn, kein Problem.»

«Ich wohne ja da unten, am Klosterplatz, machen wir's doch 'grad.»

Wir fuhren auf den uralten Pflastersteinen die Propstgasse durch und um die Ecke hinunter bis zum nächsten Eckhaus, wo ich im Parterre wohne; der Rollator schepperte auf dem Anhänger nur so vor sich hin und wir sprachen vom Ableben, erstaunlich heiter gestimmt. Heiter? Wahrscheinlich, weil wir uns mit unseren Wohlstandsproblemen, verglichen mit dem menschenverachtenden Horror in der Ukraine etwas deplatziert vorgekommen waren.

Die Nachrichten wurden hier zweimal so lang, aber nicht des Krieges wegen, sondern weil jedes Personensubstantiv zweimal und wiederholt vorkommen musste, mit seltsamen Blüten wie die «Katholiken und Katholikinnen» oder «die Zivilisten und die Zivilistinnen». So machte ich mir die Luft frei und kam wieder auf den Rollator zurück. Ich erzählte Bruno, dass ich meinem Hausarzt sagte, «Rollator? Rollstuhl? Gewiss nicht. Ich habe ja ein Leben lang auf mich selbst gestellt gelebt, ich würde es nicht ertragen, dass man mir die Windeln wechseln müsste, dass ich auf fremde Hilfe angewiesen sein sollte.» Mein Arzt nahm meine Äusserung wortlos entgegen, er wusste ja ich bin bei «exit» und er war im Besitz meiner Verfügung. Bruno sagte, er sei jetzt auch bei «exit», seit einem Jahr.

«Ich bin schon lange dabei, seit zehn Jahren, lebenslänglich; ich meine, auf dem Ausweis heisst es «lebzeiten Mitglied».

Einmal in meiner Erdgeschosswohnung angekommen, bedankte ich mich bei Bruno herzlich und entschuldigte mich, ich müsse sofort anfangen zu kochen, mein Kostgänger ist im Anzug und ich habe noch nicht einmal angefangen. Kostgänger? Ja, ich mag das Wort, es ruft alte Zeiten hervor. Mein «Kostgänger» ist ein Freund von mir, seit mehr als zehn Jahren. Das Mittagessen bekommt er umsonst, für seine Hilfe: Als ich nach der Scheidung ausziehen musste und hier in Solothurn praktisch niemanden kannte, da war mir sein tatkräftiger Beistand unersetzlich; es ist daraus eine Tradition entstanden und wir geniessen unser einstündiges Männergespräch einmal in der Woche.

Kaum Bruno verabschiedet, traf Roger ein, ich vertröstete ihn mit einem Pilsner und zeigte ihm den geschenkten Rollator. «Den nehme gleich mit, ich mache da eine General-überholung.» Mein Freund ist ein begnadeter Handwerker, als Alleinunternehmer verfügt er über eine bestens eingerichtete Werkstatt. Während er eine erste Kontrolle vornahm, dünstete ich Zwiebel auf Butter, legte Lachsstreifen kurz darauf. Als ich die Pfanne zudeckte, die Heizplatte aber abstellte, konnte ich gerade die «8-Minuten-Nüdeli» abgiessen und die nun etwas abgekühlten Lachsstreifen mit Sahne vermischen. Ich rief Roger an den Tisch.

«In einer Woche hast du ihn wieder – geschmiert und poliert» sagte er, als er sich an den Tisch setzte und sich an das einfache Gericht machte. «Schön, keine Eile. Eigentlich hoffe ich, dass er noch eine Zeit lang im Keller verstauben kann – so Gott will: so im Sinne 'Totgesagte leben länger', ich meine, vielleicht brauche ich's gar nicht.»

PS: DEO EXERCITUUM IN SS. MIL. URSO VICTORE ET SOC. REST. S.P.Q.S AN. MDCCLXIX

Zu Deutsch: «FÜR DEN GOTT DER HEERSCHAREN IN DEN HEILIGEN LEGIONÄREN URS, VIKTOR UND GEFÄHRTEN WIEDER ERBAUT DURCH DEN RAT UND DAS VOLK VON SOLOTHURN IM JAHRE 1769»

Einem Superman begegnet

Ein sonniger, warmer Nachmittag mit der angekündigten Temperatur von 28 Grad heizt das Zentrum des Kreuzackerplatzes auf, da wo ein quadratischer, scharfkantiger Brunnen diesen oft umgestalteten Ort dominiert. Der Offene Bücherschrank steht jedoch unter dem wohltuenden Schatten der dichten Baumkronen, da ist es angenehm. Ich bin für heute mit dem Durchsuchen der Schätze fertig: ich habe gerade "Die Lust am Text" von Roland Barthes (*Le Plaisir du Texte*) herausgefischt und will damit irgendwo absitzen, mit der Hoffnung an der Lust teilzuhaben. Etwa ein Dutzend Schritte Richtung Platzzentrum stehen zwei Bänke, die üblicherweise von einigen Alkies besetzt sind, die laufend Bierdosen verdrücken und dabei immer lauter werden, wie in einem Streit. Heute sind die Bänke jedoch leer, still, einzig bei der einen steht ein Kinderwagen, Typ Fahrradanhänger, sogenannter Babycab oder Buggy. Der Kreuzackerplatz ist ebenfalls ungewöhnlich leer, einzig bei diesem Ungetüm von einem Brunnen bemerke ich einen Knirps, der völlig nackt mit Wasser plätschert und barfuss umherläuft. Am Brunnen angelehnt steht eine zartgliedrige, wohl geformte Gestalt im Minirock, oben bloss mit einem Leibchen gekleidet; ihr fein geschnitztes Gesicht ist mit einem Schlapphut geschützt. Ist das die Mutter? Das Bübchen mag etwa drei, vier Jahre alt sein. Es ist kaum zu glauben, dass sie seine Mutter sein sollte; sie achtet ja auch gar nicht auf das freudig spielende Kind, sie ist mit ihrem Smartphone beschäftigt - wisch, wisch.

Ich nehme Platz auf der freien Bank, vorher mich vergewissernd, dass ich mich auf keine frisch verkackte Stelle setze, und ich schaue dem freimutig spielenden Kind zu. Doch es ist mir allmählich unwohl dabei, man könnte mich der pädophilen Neigung verdächtigen. Gerade einige Tage zuvor holte ich aus dem Bücherschrank hier das Buch „Gast im Universum" von Harold Brodkey, in dem er sich erinnert: „Mama führte mich ziemlich oft Besuchern nackt vor. Noch als vierjähriger zog sie mich manchmal vor Leuten an, die Fremde für mich waren, oder sie überliess es ihnen und beaufsichtigte sie dabei. Ich war – das Kind war – nun, das Wort dafür lautete damals *Cupido* – ich war zum Teil ein Cupido, ein Dingsbums, das reizen sollte, süss-erotisch, sanft obszön… Das Kind war ein Geschöpf, das dazu taugte, derartig Lust zu spenden; heute mag es aus der Mode gekommen sein; doch damals stellte es einen sozialen Gebrauchswert dar, den der kleine Junge besass."

Lieber senke ich meinen Blick zur "Lust am Text" hinunter und beginne darin zu blättern: Erstausgabe 1973, ohne ein Jahr fünfzig Jahre her. Gleich zum Anfang bemüht sich der Übersetzer, die Schwierigkeit der deutschen

Fassung des Titels abzuhandeln: plaisir / jouissance, also Lust oder Wollust? Währenddessen kommt die Mutter etwas aus dem Buggy holen, und als ich den Blick zu ihr richte, muss ich plötzlich niesen. "Gesundheit", sagt sie im Vorbeigehen, ohne mich jedoch eines Blicks zu würdigen. Ich bedanke mich, muss gleich noch einmal Niesen. Die mädchenhafte Frau geht wieder zum Brunnen zurück, ich kann ihre wunderschön schlanken Beine mit perfekt geformten Waden bewundern. Am Brunnen packt sie das Bübchen und zieht ihm winzige, blauweiss gestreifte Unterhöschen an; dann überlässt sie ihn wieder seinem Spieltrieb.

Auf einmal steht der Knirps vor mir: breitbeinig wie ein Superman, gerade gelandet; der rosarote Umhang rutscht ihm von der Schulter weg, der erste Eindruck misslingt ihm leider so. Trotzdem lacht er mich an, sein Blick ist herausfordernd.

Aha, ein Superman kommt da herab geflogen - Du bist doch ein Superman, gell? Ja, er nickt, ja, ein Superman bin ich.

Aber einer „en miniature" denke ich für mich, er gleicht eher einem Putto, einem Engelchen: seine hellbraunen Haare sind gewellt, über die Ohren lang, sein Gesicht kindlich weich, liebenswürdig, seine Zähne in beiden Reihen gleichförmig, aus seinem Schmollmund wie Perlen strahlend; seine winzigen Bernstein-Augen verraten die Freude, als Superman erkannt zu sein. Der Cupido mag etwa drei, vier Jahre alt sein, meine Freundin würde sagen, er sei zum Verknuddeln, also zum Verkuscheln. Es ist kaum zu glauben, dass er das Kind der Frau sein sollte, die mir gerade "Gesundheit" gewünscht hat.

Wie heisst du?

Jirko… sage ich, nachdem ich eine Weile nachdenken muss, ob ich mich als Jiří oder Georg vorstellen sollte.

Und wie heisst du?

Loris.[22]

Kannst du "Jirko" sagen?

Jirko.

Ja, er kann es. Das "r" spricht Loris klar aus, mit dem richten Drall. Vielleicht, weil er das "r" auch in seinem Namen trägt, hat Übung darin.

Hast du Kinder?

Ja, zwei.

Wie heissen sie?

Jan und Vera

Loris wiederholt die Namen wie vor eine Schultafel aufgerufen.

Wie heisst du mit Nachnamen, Loris?

Maire - …

Den Familiennamen verstehe ich nicht richtig, scheint ein Doppelname zu sein, jedenfalls etwas mit Bindestrich und da frage ich lieber nicht nach… Er sagt noch einen Namen, denjenigen der "Tages-Mama", mit der zusammen er da ist.

Loris hat nun wohl genug auskundschaftet, er spannt seinen Umhang und fliegt davon. Aber gleich ist er wieder da: Machen wir richtig Start?

Gut, ich zähle. Loris dreht mir den Rücken zu und ich beginne mit einer auf amerikanisch verstellten Stimme abzuzählen: Zehn, neun,… Auf "Zero" rennt er los!

Loris ist zur "Tages-Mami" geflogen und kommt zurück mit einem Käppi, auf dem über dem Schild "Patrol" geschrieben steht. Ich bewundere das Käppi und Loris meldet, er hätte gerade ein Bébé aus einer Lava gerettet. Verwundert, beeindruckt, schaue ich ihn an, gratuliere. Er beginnt vor mir zu tänzeln, keines seiner Glieder bleibt ruhig.

Du möchtest wohl richtig fliegen können, sage ich.

Uhm…

So wie die Krähen da über uns.

Jaaa!

Das nächste Mal kommt Loris ohne seinen magischen Umhang und tänzelt einfach so vor mir. Er entdeckt seinen eigenen Schatten unter einem Sonnenlichteinfall, der zwischen die Baumkronen dringt, genau so gross, dass sein feingliedriger Körper darin Platz findet. Er ist von seinem eigenen Schatten fasziniert und bewegt sich schnell, ohne welche Bewegungsmuster, chaotisch; sein Schattenspiel erinnert mich an ein afrikanisches Tanzritual.

Inzwischen hat die Tages-Mami die verstreuten Sachen am Brunnen beieinander und verstaut sie in den Buggy. Loris schlüpft hinein wie in den Mutterleib zurück. Das Au-Pair-Girl würdigt mich die ganze Zeit keines Blicks, auch jetzt zum Abschied nicht, doch Loris winkt mir zum Abschied aus dem Inneren seines Chariots.

Nachtrag:

Kaum habe ich den Entschluss gefasst, mir
geschworen, nie mehr etwas zu schreiben, von
der Barbarei in der Ukraine gelähmt, aber wohl
auch, da ich nichts mehr zu sagen habe, mein
finales Werk „Wozu all diese Briefe gut waren"
zu Ende geschrieben. Die sechshundert Seiten
sind zwar noch nicht lektoriert, aber eben doch
vollbracht. Und siehe da, die vorgefundene
„Lust zum Text" bringt mich wieder dazu, diese
Begegnung mit einem Superman doch noch
aufzuschreiben. Ich kann der Lust nicht wider-
stehen, die Unbefangenheit eines werdenden
Menschleins namens Loris festzuhalten, und ich
bin wohl auch in Zukunft den Versuchungen
wehrlos, die der Offene Bücherschrank bietet.

Jirka und Alena – Ein Doppelspiel

Wenn ich an der Durchsicht der Bücher im Offenen Bücherschrank bin und keine Geduld habe, ein Buch richtig anzuschauen, deponiere ich es diagonal auf der oberen Schrankkante; ein Posten, den ich Purgatorium nenne. So ein Buch war kürzlich da oben auf der Schrankkante zwischengelagert, ich war mir nicht sicher, ob ich ein weiteres Werk des Schriftstellers Maxim

Biller[23] lesen will, von dem kürzlich eine dicke „Biographie" hier stand (896 Seiten), die ich aus dem Regal gar nicht herausnahm; dafür seine „Sechs Koffer". Die dicken Bücher häufen sich in der letzten Jahren: Knausgard (ebenfalls 896 Seiten), Murakami (1024 Seiten), usw.

Ich erlöste das Buch „Liebe heute" schliesslich aus dem Purgatorium und setzte mich damit auf die Ufermauer, um es zumindest durchzublättern. 2007 geschrieben, war es voll von Kurzgeschichten und eine davon hiess „Sieben Versuche zu lieben". Es spielte in Prag, die Hauptprotagonisten trugen die Namen Jirka und Alena. Ein Abschnitt aus dieser Geschichte wurde für den Klappentext verwendet:

»Seit dem ersten Kuß seines Lebens hatte Jirka mit achtzehn Frauen geschlafen, neun nur geküßt, mit dreien fast alles gemacht: er hatte drei feste Freundinnen gehabt und eine längere Affäre, die bis heute immer wieder neu aufflammte; und er war vier Monate mit Alena zusammen gewesen. Alena hatte seit ihrem ersten Kuß drei feste Freunde gehabt, von denen einer Jirka war, sie hatte fünfmal jemanden geküßt, und einmal hatte sie einen One-Night-Stand riskiert, der besser war, als sie erwartet hatte. Inzwischen war sie mit einem zwölf Jahre älteren Architekten verheiratet, sie hatte keine Kinder und dachte oft an Jirka.«

Die Geschichte ist in der dritten Person erzählt, doch es ist offensichtlich autobiographisch, Maxim Biller ist hier Jirka. Und das ist auch mein Vorname, denn Jirka ist Jiří, deutsch eben Georg, wie in meinem Pseudonym Georg Aeberhard. Warum, weiss ich nicht mehr, ich legte jedoch das Buch wieder zurück in den Schrank. Später traf ich einen Bekannten in der Stadt und da er ebenfalls ein fleissiger Besucher des Offenen Bücherschranks ist, erzählte ich ihm von dieser Koinzidenz der Namen, der Geburtsstadt, des gleichen Lebenswegs, der uns nach dem Einmarsch der Russen in die Emigration führte: Maxim Biller nach Deutschland, mich in die Schweiz. Das weckte das Interesse meines Bekannten und ich konnte ihm mit genauen Angaben helfen, wohin ich „Liebe heute" zurückgelegt hatte: Aare-Seite, zweites Regal, rechts. Er stieg aufs Fahrrad und pedalte gleich hin. Ich nahm meinen Weg nach Hause, im Kopf von der Geschichte verfolgt, mich zunehmend an Details erinnernd, trunken von Prag, trunken von Alena... Es reifte in mir der Entschluss, diese Geschichte mit Jirka und Alena ebenfalls aufzuschreiben.

Maxim Biller ist Jahrgang 1960, ich bin Jahrgang 1949. Er ging fort mit seiner Familie zusammen, ich allein. Seine Alena lernte er im Kindergarten kennen, ich meine an einem Gymnasium. Die Jahre bis zum Mauerfall resp. bis zu der „Samtene Revolution" ausgeklammert, waren wir, konnten wir, unser Prag nicht besuchen, zwanzig Jahre lang; mein erster Aufenthalt in Prag fand jedoch bereits ein Jahr davor statt, 1988, nachdem ich mich endlich habe einbürgern lassen können, mich eingekauft, demzufolge mich von der CSSR freikaufen können, und schliesslich ein Einreisevisum als Schweizer erhalten habe. Dieses Prozedere dauerte zu lange. Zwei Jahre zuvor ist mein Vater gestorben, ein Jahr vor ihm meine Grossmutter, ich konnte keinen Abschied von ihnen nehmen, beide hatte ich seit 1968 nicht gesehen.

Maxim Billers Alena, ihre Familie, emigrierte ebenfalls, meine Alena blieb in Prag, hatte geheiratet, brachte ein Mädchen zur Welt. Die zwanzig Jahre lang hatten wir keinen Kontakt untereinander. Aber der erste Besuch Prags hätte ohne eine Begegnung mit Alena nicht stattfinden können; bereits einen Tag nach meiner Ankunft trafen wir uns im Kaffeehaus „Slavia".

Ich machte mir nun Vorwürfe, dass ich Billers Buch nicht mitgenommen hatte, und so bestellte ich kurzerhand das Buch neu. Was mir bei der Lektüre der „Sieben Versuche zu lieben" auffiel, waren die Prager Elemente, die sich in unserem Leben deckten oder solche, die in unseren Erfahrungen verankert waren, obwohl ohne welche gemeinsamen Nenner. Maxim Biller wuchs auf im bürgerlichen Stadtquartier Vinohrady (Weinberge), ich im proletarischen Žižkov (Veitsberg), das unmittelbar an das seinige grenzte. Wir benutzten die gleichen Strassenbahnen, wir besuchten die gleichen Parkanlagen, die zwischen den zwei Quartieren lagen.

Etwa zwei Jahre vor dieser Begegnung mit Billers Buch „Liebe heute" fing ich an, einen autobiografischen Abriss zu schreiben, ausgehend von den unzähligen Briefen aus der Emigration. Dem Text gab ich den Titel „Wozu all diese Briefe gut waren"[24]. Ich zitiere darin nicht nur aus den Briefen, aber genauso aus meinen Tagebucheintragungen; hier halte ich fest, wie es war, nach zwanzig Jahren nach Prag zurückzukommen:

Am 22. September 1988, an einem Donnerstag, fahre ich morgens früh von Zürich aus nach Prag los; zwanzig Jahre sind vergangen, seit ich meine Geburtsstadt verlassen hatte.

Die Reiseroute führt teilweise über diverse Überlandstrassen, in der Schweiz, so in Deutschland und in der Tschechoslowakei. Es geht langsam voran, die ca. 750 km, aber da ich unterwegs mit einem Fiat Panda bin, spielt es keine grosse Rolle. Endlich erreiche ich die schwer bewachte Grenze in Waidhaus aka Rozvadov: Der eiserne Vorhang.

Die Schneise durch das bewaldete Tal breitet sich aus auf einer Länge von ca. 200 Metern quer durch eine S-Kurve; von der deutschen Ausreisekontrolle blicke ich auf die Einfahrt in die CSSR. Es fällt mir ein Artillerie-Zielgerät auf, mit dem die einfahrenden Wagen beobachtet werden. Erst auf ein Signal hin darf man losfahren. „Komme ich da wieder heraus?" schiesst mir durch den Kopf.

Die Passkontrolle verläuft speditiv, ein Stempel mit dem Einreisedatum, und ich kann Gas geben.

„Halt, Zollabfertigung!" ruft man mir nach. Sofort stehe ich auf die Bremse.

„Haben Sie noch nicht Tschechisch vergessen?"
fragt der Zöllner, nachdem ich für ihn den
Kofferraum zu öffnen hatte. Es ist zu deutlich,
dass er irgendetwas „geschenkt" bekommen
möchte. Er findet neue Tonkassetten, denen
ein Taschenrechner beigepackt ist. "Das geben
sie schon dazu, umsonst?" Ich nicke, er
zwinkert mir zu und steckt das Päckchen in
seine Uniformtasche ein.

Ich kann weiterfahren, einen geraden Hang
hinauf, und ich gebe Gas, weil ich mich darauf freue,
die böhmische Landschaft vor mir zu haben. Keine
Ahnung, woher der Verkehrspolizist hergesprungen
war, er stoppt mich mit seiner roten Kelle. Ich rolle
das Fenster herunter und rechne schon damit,
irgendein Phantasie-Obolus entrichten zu müssen.

„Sie sind zu schnell unterwegs", sagt der Polizist.

Ich zucke mit den Achseln, ich wisse nicht, ich
meinte... Aber zu meinem Erstaunen werde ich
nur mündlich verwarnt und schliesslich
durchgewinkt.

Als ich den Hügelgrat erreiche und die weite
Landschaft vor mir erblicke, spüre ich, dass ich
"zuhause" bin, und meine Augen füllen sich mit
Tränen. Die Kassette mit "Brothers in Arms" von
Dire Straits schiebe ich ein, und los geht's Richtung
Prag.

These mist covered mountains
Are a home now for me
But my home is the lowlands
And always will be
Some day you'll return to
Your valleys and your farms...

*Ich fahre an einigen Anhaltern vorbei, offenbar
Grenzsoldaten im Zivil auf Urlaub, und schliesslich
halte ich für einen an. Wir kommen schnell ins
Gespräch und ich kann die Landschaft nicht mehr
geniessen; die dramatisch trabende Musik auch
nicht. Schade. Der Junge muss ebenfalls nach Prag,
und dann noch weiter ostwärts, wo er die zwei Tage
„Fronturlaub" bei seiner Familie verbringen will.*

*Wir fahren am Barrandov vorbei, hinunter zur
Moldau. Diese Vorortseinfahrt ruft in mir Erinne-
rungen an Afrika wach: Gerümpel, schlecht
markierte Baustellen, Unrat und Abfall zuhauf. Ich
bringe den Anhalter zu einer Tankstelle in Richtung
seiner Destination und kehre der Moldau entlang
zurück nach Prag. Ich fahre durch Smíchov bis zum
Újezd unterhalb von Laurenziberg, über die 1. Mai–
Brücke, zwischen dem Kaffeehaus „Slavia" und dem
National-theater durch in die „Národní" bis
Wenzelsplatz, und hoch Richtung Nationalmuzeum;
von da aus geht es durch die Stadtplätze
„Karlák",
„Pavlák",*

„Tylák",
„Mírák" auf der Vinohradská (vormals nacheinader
Jungmannova, Generala Foche, Schwerinova und
Stalinova), weiter an Hotel „Flora" vorbei; es folgt
das riesige Friedhofsareal Olšany, das durch die
Želivského-Strasse geteilt wird, wo ich in Gedanken
von der Tramlinie 11 auf die 16 wechsle, die zum
Güterbahnhof mit seinem Buffet „Briketa" führt;
ich passiere den „Basileják", worauf ich rechts in die
Jeseniova abbiege und am massiven, hohen
Schulhaus im stalinistischen Baustil der fünfziger
Jahre entlang fahre, an dessen Ende, ihm vis-a-vis,
„unser" Mietshaus steht. Meine Mama lehnt bereits
weit hinaus aus dem Fenster und zeigt mir hektisch
winkend, es hätte einen Parkplatz direkt vor
unseren Fenstern frei... (Mein Panda fällt da gar
nicht auf, unter allen den Škodas, Trabants,
Wartburgs oder Ladas.)

Das Tagebuch führe ich schliesslich nicht
weiter, es passieren zu viele Dinge, ich habe
einen so starken Nachholbedarf, mein Prag mir
wieder anzueignen; jede Nacht geht es in eine
Bierschenke, eine Weinstube, in eine Theater-
vorstellung oder in ein Jazz–Konzert… Meine
Tagebuchaufzeichnung sind jetzt bloss nur noch
stichwortartig, es sind Namen von Lokalen,
Namen von Passagen und Klubs, usw.:

„Repre",
„Sputnik", in der Passage „Černá růže",
die Passage "Alfa" und viele andere, in
denen nicht wenige Kinos zu besuchen
waren und sind;
„Lucerna-Bar",
„U Vejvodů",
„Slováč",
„Automat Koruna",
„Makarská",
"Slavia",
,,Filmclub",
„Am Geländer", das Theater,
das Buffet «Panská",
die günstige Stehbar „U Rozvařilů"…

Diese vielen Vulgo-Namen drücken die
Verbundenheit mit meiner Stadt aus, genauso
wie ich Prag auf Anhieb mit dem Auto
durchfahre, ohne dass ich je selbst durch Prag
mit einem Wagen gefahren worden war…
Einem Prager meiner Generation sind das alles
Orte, in denen wir verkehrten, Orte der
Begegnungen, Orte passend für ein Rendezvous,

Orte, die unser Leben prägten, unsere DNA auffüllten und uns bis zuletzt bewegen.

In meinem Text „Wozu all diese Briefe gut waren" ist ein Kapitel allein Alena gewidmet, meinem „Versuch zu lieben": Alena, meine liebste Kommilitonin, führte die sechs, sieben Mädels an, denen wir Jungen, an der Zahl über dreissig, in der Klasse gegenüberstanden. Sie war für jeden Spass zu haben und wir führten z.B. gemeinsam die unerlaubte Hochzeitsteilnahme an, als unser bereits aus dem Studium ausgeschlossener Freund Peter heiratete; die Hochzeit fand während der Unterrichtsstunden statt und uns wurde demzufolge der Studiumausschluss ebenfalls angedroht, aber wir konnten uns da doch noch herauswinden.

Petrs Hochzeit; Alena links, ich rechts

Ich vergesse mich, wir haben es ja mit Briefen zu tun… Ich habe da aber nur diejenigen meiner Mutter und einige von meiner Mitschülerin Alena, die ich zusammen mit einem mir nahestehendem Schulfreund getroffen hatte: im Kaffeehaus „Slavia", wie es sich für Prager gehört.

Vom ersten Augenblick an verstanden wir uns wie zu alten Zeiten, zogen uns gegenseitig auf, sprachen wie verschworen über unsere privaten Situationen und hatten ganz einfach aneinander Freude; es zog uns näher zueinander, wir spürten das Bedürfnis uns zu berühren, zumindest sich an den Händen zu halten, obwohl wir uns die ganzen zwanzig Jahre nicht gesehen, nicht telefoniert, und es auch keinen Briefwechsel gegeben hatte - von jetzt an aber einige: *Ich muss mich für Deinen Brief bedanken, ich hatte riesige Freude. Die Fotos gefallen mir sehr, vor allem die mit Dir zusammen. Es tut mir leid, dass Du Probleme hast, dass Du es nicht leicht hast. Auf der anderen Seite, Dein Brief hinterliess grossen Eindruck bei mir, übrigens wie alles, was mit Dir zu tun hat.*

Dem zweiten Brief stellt Alena ein Motto voran: *Das grösste Glück heisst nicht Glück zu haben, das Glück heisst, sich nach Glück sehnen und davon träumen.*

Warum hast Du Brasilien abgesagt? Das kann ich mir gar nicht vorstellen, wahrscheinlich, weil wir hier keine Gelegenheit dazu hätten. Hauptsache, Du sagst Prag nicht ab. Schade, Du kannst nicht zu unserer Klassenzusammenkunft kommen, es wäre schöner, aber auch so freue mich darauf.

Ja, unsere Klasse von 1964 bis 1968 kommt zusammen, aber noch ohne mich. Im dritten Brief, noch vor Weihnachten, ist allmählich klar, dass wir uns, mein weiblicher Kumpel aus der Schulzeit und ich, sehr nahekommen; es ist, wie wenn die alte Jugendliebe, die gegenseitige Zuneigung, wieder erwachen würde: *Zu Deinem Brief, für den ich Dir danke. Er hat mich erfreut, auch weil er länger war. Ich bemühe mich, Dich zu verstehen, ich verstehe Dich eigentlich auch, aber zugleich bin ich verwirrt. Ich würde mir wünschen, es wäre nicht bloss ein Märchen, aber ich weiss nicht was damit anfangen soll.*

Ich freue mich auf unsere Begegnung, hoffentlich bis bald. Ich schicke Dir einen grossen Kuss. Ahoj

Es ist die emotionelle Resonanz auf gleicher Wellenlänge, die nun der Mangelerscheinung resp. Frustration im Exil gegenüber steht. Ganz einfach gesagt, ich merke, wie es ist, wenn sich das Slawische mit dem Slawischen vermengt, der Duft der Heimat kein Duft mehr ist, sondern die gleiche Luft zum Atmen. Hier bin ich kein Fremder, ich muss meinen Namen nicht buchstabieren und seine sieben Deklinationen erklären. Ich kann spontan fluchen, ich kann mich äussern, ohne nachzudenken. Gedanken-pirouetten sind nicht zu bremsen… Stopp! Es ist noch nicht das Jahr 1989! Das System der grauen Normalisierung hat die Gesellschaft noch fest im Griff und ich reise gerne aus diesem grauen Alltag wieder zurück in die Schweiz.

Am Dreikönigstag im anbrechenden Neuen Jahr erreicht mich Alenas Brief, in dem sie auf unseren letzten Abschied reagiert, an dem ich ihr das sich Anbahnende angekündigt hatte; Alenas Worte berühren mich sehr: *Gestern abends streifte ich durch Prag herum und ich war sehr traurig, dass es dieses Ende nahm. Während unserer Begegnung hatte ich das Gefühl, dass alles in Ordnung sei, gute Laune, deshalb kann ich Deinen schnellen Abgang nicht verstehen. Seit September freute ich mich auf diese Tage, es mag ein Fehler gewesen sein, ich hatte aber dank Deinen Briefen das Gefühl, dass Du Dich ebenfalls darauf freust. Besser ich höre hier auf, ich bin ganz verwirrt...*

Was war geschehen? Ehrlich gesagt, ich weiss es nicht mehr. Ich hatte zu tun mit meinen Filmprojekten wie mit der Fertigstellung von „Verne" und mit der Vorbereitung eines semi-dokumentarischen Filmprojekts. Dieses handelte von der Geschichte der Jahrhunderte langen Migration der Tessiner Baumeister nach Böhmen und Mähren. Ich wurde dazu durch das Buch „Italienische Meister in Prag" von Prof. Pavel Preiss inspiriert und machte mich sofort an die Arbeit, da ich die Möglichkeit spürte, es könnte zu einer Koproduktion zwischen dem Fernsehen der SRI und der Tschechoslowakei kommen. Dieses Buch erblickte ich in einem spärlich gefüllten Schaufenster einer Buchhandlung in der Strasse Am Graben in Prag und nahm es mit nach Zürich. Als ich mich darin vertiefte, merkte ich bald, dass die meisten Baumeister keine Italiener waren, sondern aus dem Kanton Tessin in der Schweiz stammten, und diese Gegend kannte ich sehr gut. Dass ich zu Alena in Prag „auf Abstand" gegangen war, hatte noch zwei andere Ursachen: einerseits die Situation an sich hinter dem Eisernen Vorhang, anderseits begann sich mein dreijähriges Verhältnis zu Maria aufzulösen; im September, kurz vor meiner ersten Reise nach Prag ging es los, und nach den Weinachten, die wir getrennt verbracht hatten, fanden wir aber wieder zueinander. Unsere Schwierigkeit war, dass wir beide zwar im Sternzeichen Fisch geboren waren, sie schwamm jedoch mit dem Vorhaben, Dinge zu besprechen und zu definieren, während ich mich eher den Stimmungen hingab und zu nonverbalen Affekten neigte. Maria beschrieb es so: *Soll aber nicht heissen, dass ich meine, _wir_ beide seien am Verwelken - unsere Beziehung hatte einen* kleinen „Indian Summer" wohl erlebt, nun scheinen die Blätter endgültig zu fallen; ob im Frühling Knospen spriessen, das steht in den Sternen.

Du willst Deine wieder vollständigen Freiheiten. Nach Deinen eigenen Inneren Bedürfnissen richten, ich wünsche Dir aufrichtig, dass Du Anstösse, frische Impulse bekommst, die nötige Energie, um Dir ein neues Leben, das scheint's auf dich ausgerichtet ist, zu schaffen; wer weiss, womöglich kann zu guter Letzt doch eine andere Frau Dir geben, was Du zu Deinem Leben brauchst. Und ich wünsche Dir von Herzen, dass sich in Deiner Arbeit ein Weg auftut, der für Dich der richtige ist, Dich erfüllt und beglückt, und Dir vielleicht wieder den nötigen Raum gibt, sich auf anderes einzulassen, auf die Gegenwart, auf den einen Augenblick, im hier und jetzt... Dich einzulassen auf Deine wirkliche Umwelt, auf Deine tief schlummernde Sinnlichkeit fürs Schöne, fürs Leben, Dich sogar mutig einzulassen auf einen anderen Menschen. Diesen Lebensraum soll Dir Deine Arbeit geben, das wünsche ich Dir.

Alena wusste davon, aber sie konnte ja nichts machen. Und ich ebenfalls nicht. Ich war sowieso verwirrt, unentschlossen, glaubte an sich an keine Märchen mehr. Die entstandene Schizophrenie nun eventuell zwischen der früheren Heimat und der jetzigen wählen zu können (zu müssen) wusste ich nicht aufzulösen.

Es vergingen noch weitere zwanzig Jahre, dann erst waren wir uns mit Alena wieder begegnet, an der ersten Klassenzusammenkunft an die ich gehen konnte, im Jahre 2008, als ich gerade in Tschechien wohnte. Und es war alles wieder vergessen und wir hatten erneut ganz einfach Freude aneinander wie damals im Jahre 1988 und wie die vier Jahre lang vor dem Einmarsch im August 1968.

PS Maxim Billers Schwester namens Elena Lappin ist ebenfalls eine Schriftstellerin.

Sonatina prolungata in D minor

In meinem selbst verlegten Buch «Auf den Hund gekommen...» gehe ich von Alltagssituationen aus, die ich am Weg zum Offenen Bücherschrank hin beobachtet habe:

Ich streife durch mein Revier auf eine instinktive Art und Weise, mit dem Aare-Flusslauf irgendwo in der Mitte. Und ganz gewiss bin ich von einem Fixpunkt angezogen: dem "Offenen Bücherschrank" am rechten Quai, rive droite, oui, am Rande des hiesigen Boule-Spielfelds unter den Platanen. Der Bücherschrank ist wie eine Wundertüte, in der sich Schätze der Vergangenheit mit Überraschungen der Gegenwart vermischen - und geduldig auf mich warten...

Da ich eine Website habe, auf der meine Manuskripte allgemein frei zugänglich sind, bin ich über Google oder eine andere Suchmaschine schnell identifizierbar (trotz Pseudonym), und so hatte mich auch Madeleine gefunden, meine «Genfer Geigerin»: *ich bin im Internet auf Spurensuche gegangen, und bin so auf Deine Schriften gestossen.* Vor mehr als fünfzig Jahren erlebten wir eine kurzzeitige, aber kurzweilige Liebe, die am Silvester 1970 aufblühte, und sich nach Ostern des folgenden Jahres aufzulösen begann. Der Brief meiner Musikfee war von Hand geschrieben, fünf Seiten lang. Madeleine liess mich wissen, sie hätte zunächst das Buch «Auf den Hund gekommen...» bestellt, gelesen, und schliesslich Mut geschöpft, mich anzu-schreiben. Ich reagierte postwendend mit einer E-mail, bedankte mich und brachte meine nicht geringe Freude zum Ausdruck: "Es bewegt mich sehr zu wissen, dass Du! zu meinem Text findest. Dein Brief ist wie aus allen Wolken gefallen. Er verstärkt meine Lust, mich mit dem Leben (damals wie heute) abzugeben…" Madeleines handschriftlichen Brief schätzte ich umso mehr, als meine letzte Beziehung einige Monate zuvor in Brüche ging, und ich mir geschworen hatte, nichts mehr zu schreiben und mich „abzumelden"… Nun, dieser Brief, der aus dem französischsprechenden Teil der Schweiz kam, hatte alles auf den Kopf gestellt. Meine elfjährige, allerletzte Liebe ging überraschend zu Ende, am helllichten Tag, ich wurde wortwörtlich sitzengelassen (auf English heisst es «being dumped»). Das Recht, das letzte Wort zu haben, gewährend: «Das Beste ist Vergangenheit. Wir können einander nichts Besseres mehr sein." Ich hüllte mich daraufhin in Schweigen, hatte keine Kraft mehr zu argumentieren, „woke" zu werden (Merke: alten Hunden kannst du keine neuen Kunststücke beibringen!). Nun, nach und nach stellte ich mich darauf ein, dem Alter und meinem Krankheitsbild entsprechend keine Zweisamkeit mehr zu suchen, und mich mit der Sicht der Dinge nach Adelheid Duvanel abzufinden, die in einer ihrer Erzählungen den folgenden Satz niederschrieb: "Der Schlaf schlich herbei und legte sich so sanft neben ihn, wie keine Frau es tut."

Die psychoanalytische Unterstützung meines seelischen Zustands lieferte Sudhir Kakar: "Der Unterschied zwischen Einsamkeit und Allein-sein liegt nicht nur darin, dass Letzteres frei gewählt ist. Der entscheidende Unterschied ist, dass das erotische Feld im Alleinsein neu bestellt wird und nicht wie in der Einsamkeit zur Wüste verdorrt. Erinnerungen an die liebevolle Ver-bundenheit mit anderen, vor allem die frühen Erinnerungen in aller Intensität, stellen sich immer reichlicher ein, rücken in der Innenwelt in den Vordergrund.

Hier muss ich noch eine seltsame Anekdote anfügen, die sich wenige Tage vor der Trennung ereignet hatte. Ich bin aus einem Traum erwacht und hatte ein ganzes Gedicht auf den Lippen, das ich sofort in den Mac eintippen musste, damit bloss nichts verloren ging, umso mehr, als es - auf Französisch war (eine Vorahnung?):

Bonheur de cinq minutes
qui serait tellement beau –
pour toujours, un moment
à jamais présent.

C'était le matin, au lit avec ma femme,
quand j'étais proche de son corps
autant que possible,
ma main posée sur son sein plein.

Elle dort en paix,
je vole sur les nuages de ses rêves,
balancé pour toute l'éternité.

… pour toute l'éternité, für alle Ewigkeit auf
Traumwolken zu fliegen. Apropos Träume: man
kann auch singend erwachen, ist mir auch mal
passiert, mit dem Lied "Meine süsse Baruschka,
nimm mich mit ins Bett..."[25]. Als ich dann am
Abend mit Mama telefonierte, beendeten wir das
Ferngespräch damit, dass wir vergnügt das
Baruschka-Lied im Duo sangen.

Zurück zu Madeleine, meiner «Genfer Geigerin». Hier muss ich aus meinem Manuskript «Wozu all diese Briefe gut waren» zitieren, in dessen Kapitel CLIQUE THEATER & FILM ich unter anderem meiner Mama von der Begegnung mit Madeleine berichte: *Ich bin so froh, dass ich wieder in Gesellschaft lebe. Es ist ein ganz anderes Gefühl, nach Hause zu kommen und mit jemandem sprechen zu können. Auch was meine Interessen betrifft, tut es mir gut: wie Jiří, der wunderbar Klavier spielt, so die Schweizer mit ihren Puppen. Nebst einem Klavier haben wir da auch ein Harmonium. Und die Landschaft. Draussen traben die Pferde, die Kühe sind am Weiden... Auch die Leute aus dem Dorf sind fein. Es gibt da viele kleine Kinder, da habe ich immer jemanden zum Spielen. Auf der anderen Seite, wenn ich lernen oder allein sein will, da schliesse ich mich in mein Zimmer ein und lasse mich mit beruhigendem Holz um-schliessen. Ebenfalls meinem Deutsch tut es gut, hier sprechen wir ausschliesslich deutsch.*

Diesen Brief bringe ich mit einem PS zu Ende: *Gerade kommt Jiří herein, ich soll nicht vergessen, Euch um Čapeks Stück „Aus dem Leben der Insekten"*[26] *zu bitten.* Mein Namensvetter besuchte inzwischen dank eines Stipendiums das Berner Konservatorium, und er konnte da und dort Klavier oder Orgel spielen. Seine ganze Familie war emigriert, seine geschiedene Mutter wie er nach Bern, sein Bruder und sein Vater nach Kanada. Unerwartet kam sein Vater zu Besuch, und da er als Arzt mittlerweile gut situiert war, schenkte er uns allen kanadische Daunenjacken.

Wozu all diese Briefe gut waren? Diese Frage, die auch dem Buch den Titel gegeben hat, ist zwar eine rhetorische Frage, aber eine Antwort möchte ich schon jetzt vorwegnehmen: Die Zeit in diesem Bauernhaus mit genau jenen Leuten und Gästen zusammen war vielleicht die glücklichste meines Lebens... Noch heute klingt mir das Klavierkonzert in a-Moll von Edvard Grieg in den Ohren, welches eine Besucherin tagelang pausenlos übte und dessen melodiöse Musik das uralte Bauernhaus füllte.

Und während ich diese Glücksperiode genoss, hatte sich meine Liebe zu Lucie, mit der zusammen ich in die Schweiz gekommen war, zu verflüchtigen begonnen: *Mit Lucie sind wir gute Freunde, und wir sehen uns ab und zu.* Wenn ich das hier zitiere, dann erschrecke ich fast, wie brutal und wie schnell eine so starke Bindung zu Ende gehen kann ‐ mit einem knappen Satz. Die in Lucies letztem Brief angebotene Freundschaft nehme ich mit Erleichterung an, aber ihre Worte zu meinem Abschied von ihr wiegen bei mir schwer: *Ich konnte es nicht glauben, dass es wahr sein sollte. Ich habe immer darauf gewartet, dass ein Wunder geschieht, das dich zu mir zurückbringen würde. Aber ein Wunder bleibt in*

einem Leben wahrlich nur ein Wunder. Deswegen fuhr ich nach Frankreich, um auf andere Gedanken zu kommen und mir im Kopf alles zu ordnen. Doch Frankreich war keine Hilfe und so fuhr ich noch für eine Woche nach Italien und dann ins Tessin – alles nur, damit ich ja nicht nach Bern zurückmusste.

Ich liebte dich (fast) zwei Jahre lang, aber nun, da man von Liebe nicht mehr sprechen kann, empfinde ich zu Dir das, was vorher von der Liebe verdeckt war – eine reine Freundschaft.

Im Neuen Jahr 1971 bin ich es, der sich zuerst bei meiner Mama zu Wort meldet: *Es ist wohl fällig, dass ich Euch ein paar Zeilen schreibe, aber es ist sicher angebracht, dass wir nun die Pausen zwischen den Briefen etwas verlängern. Ich grüsse Euch und danke für den Gong, den wir jedoch nicht dazu benutzen, um alle an den Tisch zum Essen zu rufen. Er hängt jetzt anstelle einer Klingel draussen an der Haustür, denn bisher hatten wir gar nichts da, und die Leute konnten sich fast zu Tode schreien.*

Wie war Euer Silvester? Hier waren wir etwa 15 Leute beisammen, und es war eine wohlgelungene Feier. Wir nahmen alle zusammen das Frühstück ein, und da die Sonne schien, sassen wir auf der Veranda, wickelten uns in Decken ein und beobachteten die Hunde, wie sie im frisch gefallenen

Schnee spielten. Ab und zu ritt jemand vorbei, und auch ein Schlitten glitt durchs Tal... Am nächsten Tag habe ich alle Jungen ins Auto von Willy aufgeladen und wir fuhren in die Alpen Ski fahren und wir fingen sogar ein bisschen Sonnenbräune ein.

Am Silvesterfest war auch eine Geigerin aus Genf da, und einige zündende Blickwechsel führten dazu, dass ich jetzt das Wochenende in Genf verbringe...

Im selben Brief erwähne ich auch, dass mir mein Vorgesetzter eine 50-prozentige Arbeitszeit bewilligt hatte: *Ich werde also bis in den Mai noch voll arbeiten und anschliessend Mittwoch mittags nach Hause gehen können. So ist gesichert, dass wir da mit unserem Theater viel mehr experimentieren und wirklich etwas Einmaliges schaffen können.* Ich wurde wohl einer der ersten in der Schweiz, der von der Teilzeitarbeit profitieren konnte: wegen Puppenspiels...

Ich war mir sicher, dass meine knappe Schilderung der nicht wenigen kleinen Veränderungen meiner Lebensumstände für einen tagelangen Aufruhr in Prag sorgen würden. Im nächsten Brief gab ich dann ein bisschen mehr von meinen persönlichen Befindlichkeiten preis:

Gestern Abend trat das Genfer Ballet-Ensemble hier in Bern auf und mein Mädchen spielte im Orchester. Es war ein sehr schöner Abend, auch weil ich mich darüber hinaus in einer sehr angenehmen Gesellschaf befand. Meine Geigerin hat nämlich eine jüngere Schwester und die ist noch hübscher. Jetzt, wo ich das Auto wieder eingelöst habe, fahren wir zusammen in die Berge. Ein Märchen, meistens scheint die Sonne, und es gibt unzählige Abfahrtsmöglichkeiten. Wenn wir zurückfahren, singen die Schwestern. Es macht mich glücklich. Zuhause kochen wir dann etwas, es geht uns gut. Langsam verstehe ich auch etwas von Musik.

Im Gegensatz dazu, die Berichte von zuhause. Mein Vater erreicht das Pensionsalter und er fürchtet, mit dem Geld kein Auskommen zu finden. *So sagte ich ihm, er soll die ganze Rente für sich behalten,* schreibt Mama, *Hauptsache er bleibt gesund. Ich bin schrecklich traurig, ich vermisse Dich so sehr, aber ich bin froh, dass Du weg bist.* Und sie schliesst ab: *Tue Dich nicht überanstrengen, übertreibe nicht. Lebe! Ich spare, wie es nur geht, und das nächste Jahr will ich das Gesuch stellen, Dich besuchen zu dürfen. Bis anhin lassen sie niemanden ausreisen, der einen Familienangehörigen im Ausland hat. Aber ich lasse mir die Hoffnung nicht nehmen, da könnte ich ja gleich Schluss machen.* Die Angst, mich nicht mehr zu sehen, hat Mama verfolgt: *Ich denke dauernd an Dich, und ich fürchte, sie könnten sogar das Briefe Schreiben verbieten.*

Das war im Jahre 1971, jetzt schreiben wir 2022 – da meldet sich Madeleine, meine Violinistin. Ich muss leider sagen, dass die alten Freunde, die von der Prager genauso wie die von der Berner Clique nach und nach Opfer des Fluchs des Alzheimers werden; das Telefon, Skype oder Facetime helfen da zwar über die Distanzen zum Nulltarif hinweg, aber sie vermögen keine Verbindung zum gemeinsamen Gedächtnis herzustellen. Viele Berufsfreunde aus der Filmbranche leiden offenbar an einer weiteren Alterskrankheit, dem „Ghosting"[27]: keine Antworten mehr, keine Lebenszeichen… So bleibt mir nun «Lust am Text»[28] und jetzt die E-Mail-Korrespondenz mit Madeleine, die sie offenbar zu schätzen weiss, weil sie ihren Mann ebenfalls an die Alzheimer-Krankheit verloren hat, von ihm nicht mehr erkannt wird. Wir tasten uns da durch die fünfzig Jahre und der Austausch über die klassische Musik gleicht einem Balsam. In ihrem ersten Brief schreibt sie, wie sie den Entschluss fasste, mir zu schreiben:

Ich hatte Dich nicht völlig vergessen, die Zeit mit Dir gehört zu meinem Leben, doch das beschränkte sich auf: was ist wohl aus Jirka geworden? Vor ein paar Wochen nun hörte ich zufälligerweise am Radio den 3. Satz aus der 7. Symphonie von Dvořák, und auf einen Schlag kamen mir für einen kurzen Moment die für immer verschollen geglaubten Gefühle für Dich in mir hoch, eine Mischung aus heiterem Lebensgefühl, Dir vertrauend, ohne geringste Sorge für die Zukunft, und der Trennungsschmerz – in Worten ist das schwierig auszudrücken, die Musik macht es viel besser...

Diese Zeilen könnten wirklich unter dem Motto „If music be the food of love, play on…" stehen. Madeleine fährt fort: *Ich habe eine wirklich schöne Zeit mit Dir verlebt, und als Du mich aus Deinem Leben hinausgeworfen hast, war ich traurig, verletzt und wütend. Wenn ich zwar Deinen weiteren Lebenslauf betrachte, muss ich doch einsehen, dass dies für mich nicht machbar gewesen wäre.*

Meine Violinistin erzählt von ihrem Eheleben als dreifache Mutter, beschreibt mir ihre berufliche Laufbahn und schliesst mit diesen Zeilen ab: *Und = mit allen schönen und weniger schönen Lebenserfahrungen bin ich, glaube ich, fast erwachsen geworden. Vielleicht hat dies schon damals mit Dir begonnen, was dann Dein positiver Einfluss wäre!*

Und eben, ganz am Schluss: *Sei herzlich gegrüsst von Deiner Genfer Geigerin, Madeleine*

Am Ende dieser unerwarteten Bescherung wiederhole ich am besten meine erste Reaktion auf den handschriftlichen Brief: «Es bewegt mich sehr zu wissen, dass Du (!) zu meinem Text findest. Es verstärkt meine Lust, mich mit dem Leben (damals wie heute) abzugeben…". Und so ist es inzwischen zu unzähligen Emails und nicht wenigen Telefongesprächen gekommen. Ich habe Madeleines Stimme sofort erkannt, und nachdem wir einige Zeit lang aufgeregt «übereinander» referierten, konnte ich in ihrer Stimme die Schwingungen ihrer Jugend heraushören. Schön.

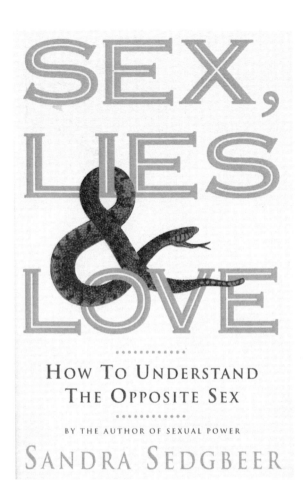

SEX, LIES & LOVE

HOW TO UNDERSTAND
THE OPPOSITE SEX

BY THE AUTHOR OF SEXUAL POWER

SANDRA SEDGBEER

Von meiner *Freundin für alle Zeiten*
Am 12. Juli 2022 habe ich zuunterst im Bücherschrank, gleich neben dem Abteil für Kinderbücher, da wo ich normalerweise nie hinschaue, ein Taschenbuch erblickt, auf dessen Umschlagsrücken der Autorenname Sandra Sedgbeer stand. Sandra Sedgbeer? Sandra, meine Brieffreundin seit 1965 bis heute? Ich klaubte den Band hervor und ahnte schon, dass es von meiner *Freundin für alle Zeiten* war (siehe unten). Ich erinnerte mich, dass sie in den 80-er Jahren einen Bestseller geschrieben hatte, der auch ins Deutsche übersetzt worden ist: «Dick ist sexy».

ENGLISCH, NICHT RUSSISCH heisst das Kapitel in meinem Manuskript «Wozu all diese Briefe gut waren». Ich berichte von dieser einmaligen Freundschaft, die eben seit 1965 andauert und mir 1968 sogar die Flucht aus der von den Russen besetzten Tschechoslowakei in den Westen ebnete. Ich erzähle von dieser Brieffreundschaft anhand von Zitaten aus Sandras Briefen, die sie mir nach Prag schickte und später in die Schweiz und in die USA, bis die Emails die Briefe ablösten. Ich fahre nun mit einem Textausschnitt aus dem Manuskript „Wozu all die Briefe gut waren" fort.

… es kam also der Zeitpunkt, da erwachte in mir der Junge, der Halbstarke, der nicht mehr verprügelt wurde, da er dem lokalen Leichtathletikverein beigetreten war und bis zu fünfmal wöchentlich ins Training ging. Es war die Zeit nach den Olympischen Spielen in Rom und wir alle wollten die nächsten Olympiasieger werden. Es war uns ernst. Und dieser sehnsüchtige Blick in die Welt hinaus hiess – Englisch zu lernen. Das war die Sprache der gelobten Länder hinter dem Eisernen Vorhang. In der Schule gab es nebst dem obligatorischen Russisch keine Sprachkurse, und so kramte ich Vaters Lehrheft «Teach yourself English by yourself» hervor. Aber als ich damit anfing, spürte ich, dass ich auch sonst an die angelsächsische Kultur anknüpfen wollte; wir hörten Radio Luxemburg, wir wussten von «The Shadows», «The Beatles», «The Rolling Stones», usw. Bei uns liefen die Songs jedoch als Cover-Versionen, da die Texte auf Tschechisch sein mussten. Wir hatten Pflichtbriefe zu schreiben, auf Russisch, mit «Freunden» aus den Ländern des sozialistischen Lagers. Mein Widerstand Moskau gegenüber zeigte sich darin, dass ich womöglich eine

Brieffreundin aus Polen oder Estland wählte. Ich träumte aber von einer Brieffreundschaft mit jemandem aus England. Im Hause von meiner Tante Eugenie und meinem Lieblingsonkel Rudolf fand ich eine uralte Nummer der satirischen Zeitschrift «The Punch», und ich schrieb an die Redaktion einen Brief, in dem ich meine Bitte vorbrachte. Und siehe da:

Dear George

I work for the publishing firm that you sent your letter to, and I would be glad to correspond with you. Do you wish me to correct your English for you? I'm 16 1/2 and I work as a short-hand typist for Punch Publications Ltd. ...

...

Yours Sincerely

Sandra Lyons

So ging es los zwischen mir und Sandra, und es dauert immer noch an, obwohl wir uns bloss ein einziges Mal persönlich begegnet sind, in London zu Ostern 1969, ein halbes Jahr nachdem ich aus der CSSR emigriert war – mit einem Einreisevisum nach Grossbritannien, das ich dank einem fingierten Einladungsbrief zu

Sandras fiktiver Hochzeit bei der Ausreise vorweisen konnte; die fiktive Einladung legte ich in einen richtigen Briefumschlag von einem kürzlich erhaltenen Brief Sandras. Mein «pen friend» korrigierte seit 1965 fleissig mein «werdendes» Englisch, so dass drei Jahre später der von mir getippte Einladungsbrief die Gnade des die Visen erteilenden Botschaftsbeamten gefunden hatte. Ich machte gute Fortschritte mit meinem Englisch, und es war auch diese Fremdsprache, die ich in der Schweiz anfangs benutzte (mit einer Aussprache à la Radio Luxemburg, dem Sender der US-Forces in Europa).

Die Art und Weise, wie Sandra an meinem Englisch arbeitete, mir ihre Korrekturen mitteilte, verdient eines Beispiels, einer Kostprobe:

You do not say, "I am very like".
you say instead "I like it very much"
or   "I am very happy to
                  correspond etc."
You do not say " I should be was also"
    you say   "I should also be"
it is not   " My a letter"
   it is   My letter"
and it is not   " What I can do for it?"
    but   " What can I do for it?"
it is not   " You'll be son to answer"
    but   " You'll be able to answer"
it is not   " because my parents work both"
    but   " because my parents both work".
it is not   " I very like"
   it is   " I like it very much"

Sandras Korrekturen

Nebst Grammatik lernte ich auch Worte, die
in den alten Wörterbüchern gar nicht vorkamen,
wie z.B. das Verb «two-time»: *Ich bin nie mit zwei*
Jungen gleichzeitig gegangen und ich habe nie einen
versetzt, aber das alles ändert sich nun, ich will nicht
mehr so weichherzig sein, ich werde gemein sein, ich
werde mit zwei gleichzeitig gehen, und ich will die
Jungen versetzen. Ich will ihnen alles das antun, was
mir angetan worden ist, und ich werde sie wie Dreck

behandeln. Es ist mir egal, jetzt bin ich daran, herzlos zu sein und zu schauen, wie es ihnen gefällt. Den Jungen ist es egal, wie stark sie weh tun, sie haben kein Herz. Ich bin gerade so traurig, dass ich spüre, wie mir die Tränen die Wangen herunterlaufen. Die Welt ist ungerecht, es ist die Welt der Jungen, die Mädchen haben keine Chance. Die Jungen dürfen sagen, was sie wollen, tun und uns behandeln, wie es ihnen gefällt, und wir stehen bloss da und müssen damit fertigwerden. Wenn wir etwas zu machen versuchen, heisst es sofort, wir verfolgen sie, und Mädchen sollen den Regeln zufolge keinen verfolgen.

Aber eben, wozu waren diese Briefe sonst noch gut? Noch heute nach fünfzig Jahren zeugt Sandras Wutausbruch von einer unbändigen Lust, das Leben zu meistern; und Sandras Teenager-Lust war riesig, da hatte ich fast Mühe mitzuhalten. Heute füllen sich meine Augen mit Lach- oder Mitleidtränen – je nachdem –, wenn ich die folgenden Sätze lese: *Du fragst nach der Kürze der Röcke? Gut, das ist die Frage. Wenn Du die traditionelle meinst, old fashioned, dann nicht. Mir gefallen moderne Kleider und moderne Tanzstile und alle anderen modernen Dinge, aber ganz kurze Röcke, Schenkel hoch, dafür musst du gross gewachsen und schlank sein, damit es gut aussieht, und die Jungen denken nicht gut über Mädchen, die sie kurz tragen, so trage ich meine Röcke kurz, aber nur so knapp über den Knien, was auch sehr modisch ist, noch nicht unanständig, genau richtig, sagt John. Aber ich selbst denke, ich habe nicht so schöne Beine, dass ich kurze Röcke tragen sollte.*

So, jetzt muss ich Schluss machen und zurück an die Arbeit. Tschüss und schreibe mir bitte bald wieder. Und liebe Grüsse an deine Mutter und deinen Vater, und meine besten Wünsche und Grüsse an Alena.

Deine Freundin für alle Zeiten

SANDRA

Ich würde retrospektiv unsere Korrespondenz als eine Art intimes Tagebuch sehen, ähnlich wie es Sue Townsend in ihrem Buch «The Secret Diary of Adrian Mole» gelang.

Die fortschreitenden «love affairs», unser Feuer oder die Enttäuschungen vertrauten wir uns gegenseitig an, und dank den Briefen weiss ich noch, für wen mein Herz entbrannte, schlug oder schmerzte: Alena, Silvia, Helena, Anina... Und schliesslich Lucie. Und Sandra? John (zweimal), Dave, Richard, Fuzz, Chick, Steve, Pete, Mackie, und Frank... Frank! Sandras Beschreibung von Frank ist köstlich: *Ich wollte nicht mit ihnen ausgehen, weil Frank so was wie viel zu viele Hände hat, du weisst, was ich meine! Mit ihm auszugehen ist wie mit einem Kraken zu gehen, er hat so viele Hände, dass es schwierig ist, auf alle aufzupassen – und das mag ich nicht.*

Mit Sandra tauschten wir auch diverse Texte aus, die wir für die Öffentlichkeit schrieben; und es kam sogar dazu, dass ich einen Artikel für eine Jugendzeitschrift schreiben durfte – für eine Gage in der Höhe von einem Pfund.

In der vollen Schuhschachtel, in der ich unseren über fünfzig Jahre währenden Briefaustausch aufbewahre, liegen auch Fotos, die wir uns hin und her schickten, da wir manche nur einmal hatten und sie selbst nicht missen mochten. Im Zeitalter der Smartphones und der sonstigen «social media» mag einem so etwas wirklich prähistorisch vorkommen. Das hiess dann so: *Ich lege zwei Fotos aus den Ferien bei, aber schicke sie mir wieder zurück, da ich nur diese habe, und ich will sie behalten.*

Wir gingen zusammen durch die ganzen gesellschaftlichen und kulturellen Umwälzungen. Wir schickten einander Geschenke, so kam ich zu meinen ersten Schallplatten; es waren «West Side Story» und dann «Sgt. Pepper's Lonely Heart Club Band».

Im Mai 1966 schreibt mir Sandra, dass sie im nächsten Monat siebzehn sein wird, soweit war ich schon im Februar des gleichen Jahres. Ja, wir waren gleich alt und unser Vertrauen zueinander gefestigt. Als PS in diesem Brief schreibt mein Penpal: *Ich habe einige alte Briefe von dir durchgelesen und ich bin so froh, dass das Briefschreiben an deinen Teddy Bear in London deine beliebteste Freizeitbeschäftigung geworden ist, tschüss (Dedek), in Liebe Sandra*

Wegen unserer Korrespondenz wurde Sandras boy friend sogar eifersüchtig: *... er denkt, dass ich mich früher oder später in dich verliebe, oder du verliebst dich in mich... Er denkt, da er sich in mich verliebt hat, alle andere machen das gleiche, und er denkt, er sei nicht gutaussehend, oder genügend reich, um mich halten zu können, dass ich früher oder später seiner müde werde und mit einem anderen gehe, der mich mit einem Auto ausfährt, einer der hübsch ist... Das mache ich nicht, ich will keinen anderen ausser ihm.*

Wir hatten vor, dass Sandra zusammen mit ihrer Freundin Christine nach Prag kommt, und zu diesem Zweck wäre es passend, wenn mein damaliger Schulfreund Peter mit Christine korrespondieren würde. Anlässlich der Planung der Reise nach Prag warnte mich Sandra eindrücklich: *Ich denke, wir sollten dich darauf vorbereiten, dass wir beide manchmal sehr verrückt sein können, wir machen verrückte Sachen, es passiert oft, also wenn wir den Anschein erwecken sollten, verrückt d.h. wahnsinnig geworden zu sein, beachte es einfach nicht.*

Ich hatte das Vergnügen nicht, die Launen der zwei Mädels aus London zu erleben, denn die Reise fand nicht statt. Es verlief sich irgendwie.

Das Jahr 1968. Sandra wechselte wieder einmal ihre Arbeitsstelle, stets in der Nähe der famosen Fleet Street, sie arbeitete unter anderem auch für «Penthouse», und sie verkündete ihre Verlobung mit einem David, der zwei Jahre älter als sie war; ein Jahr darauf wollten sie heiraten. Nach der Verlobung teilte sie mir ihr Glücksgefühl und die Hoffnung mit, *dass du eines Tages auch das Glück findest, das ich habe, und dass es dich bald erfreuen wird.*

Obwohl es nur Briefe waren, wir hielten zueinander, verfolgten unsere Karrieren, sprachen uns Trost zu, wenn etwas schiefging, und freuten uns, wenn wir weiterkamen. Sandra von der Stenotypistin zur Journalistin und Schriftstellerin, ich vom Beleuchter bis zum Filmemacher.

Es war eigentlich naheliegend, einmal ein Buch von Sandra Sedgebeer im Offenen Bücherschrank zu finden, aber als es wirklich passierte, war ich trotzdem überrascht – und zugleich erfreut, sodass ich den Fund der Autorin sofort via Messenger meldete, mit einem Scan des Umschlags in der Anlage.

Nach einem Leben in London, Vancouver, Los Angeles und in Arizona ließ sich Sandra in ihrem „Old Country" nieder, in Essex, auf dem Land in der Nähe von einem ihrer drei Kindern; sie ist weiterhin literarisch und publizistisch aktiv, betreibt eine Website sowie einen YouTube-Kanal. Ich glaube nicht, dass wir uns nach der einmaligen Begegnung 1969 je wieder in Person treffen werden, aber ohne diese Brieffreundschaft mit meiner *Freundin für alle*

Zeiten könnte ich mir mein Leben gar nicht vorstellen.

Fussnotenverzeichnis nach Kapiteln

2. Vom wahren Sterben und vom imaginären Sterben

1 1975-film-review-by-amber-wilkinson... Having become a thorn in the side of the Czechoslovakian government in the late 60s, when his sharp political satire The Party and The Guests was "banned forever" and he became an accidental documenter of the Soviet occupation in Oratorio For Prague, he was finally exiled in 1974. The Czech Connection takes a side-swipe at his homeland, as the film charts his own death, framing it as an elaborate conspiracy.

3. Um und am Bücherschrank

[2] Alle Menschen lügen. S. Fischer, Frankfurt 2010

[3] https://de.wikipedia.org/wiki/Jiri_Menzel

[4] https://de.wikipedia.org/wiki/Konferenz_von_Jalta

[5] Der General der toten Armee, Fischer Verlag, 2006

[6] Bester Europäische Film 1994

[7] 1980 gelang ihm die Ausreise im Chaos des Massenexodus über den Hafen Mariel, als Fidel Castro unter anderem Homosexuelle in die USA emigrieren ließ...

[8] ...fertig ist das Angesicht, dtv, 2000 (1983)

[9] Der Mann im roten Mantel, 2021

[10] Nadja, Bibliothek Suhrkamp, 2002 (1928)

[11] https://de.wikipedia.org/wiki/L%C3%A9ona_Delcourt: Breton hat in den Folgejahren keinen Anteil an Delcourts Krankheit genommen... Wie bei Nadja weigerte Breton sich später auch im Jahr 1937, den psychisch erkrankten Antonin Artaud in der Irrenanstalt zu besuchen.

[12] https://de.wikipedia.org/wiki/Josef_Hader

[13] https://de.wikipedia.org/wiki/Vor_der_Morgenr%C3%B6te

[14] https://de.wikipedia.org/wiki/Imre_Kert%C3%A9sz

[15] Er wurde 1944 als 14-Jähriger von Budapest nach Auschwitz und Buchenwald deportiert.

[16] "Ich war ein Holocaust-Clown", DIE ZEIT, 21. September 2013

[17] https://www.nzz.ch/feuilleton/sandor-lenards-erinnerungen-sind-ein-grandioses-zeitbild-des-faschistischen-rom-ld.1323889

[18] Neue Schweizer Bibliothek

[19] Dank Linus Reichlins Buch «Vom Verstecken eines Gastes», 1990, habe ich mit seinem Einverständnis ein Filmprojekt erarbeitet, das leider nicht realisiert werden konnte. Das Thema: Im November 1988 flieht der kurdische Teppichweber V. aus der Türkei in die Schweiz. Gefängnis, Folter, und dass man seinen Bruder und seinen Vater erschossen hat, sind für die Behörden kein Grund, ihm Asyl zu gewähren. Er soll das Land innerhalb von fünf Tagen verlassen.

[20] 3. Dezember 2021

[21] Es wurde auch für die Bühne bearbeitet: https://www.schauspielhaus.de/de_DE/stuecke/unterwerfung.1052787

4. Ein Rollator rollt heran

5. Einem Superman begegnet

[22] Loris leitet sich von lateinisch *Laurentius* ab und bedeutet *Der Lorbeergeschmückte* oder *Der Mann aus Laurentum*. Außerdem tritt Loris als Verkleinerungsform von Lorenzo auf.

6. Jirka & Alena

[23] https://de.wikipedia.org/wiki/Maxim_Biller

7. Sonatina prolungata in D minor

[25] „Má roztomilá Báruško",
https://www.youtube.com/watch?v=OlM7QIY4jgE
https://galerie9.com/art-film-jiri-havrda--georg/aus-dem-leben-der-insekten/index.html
[26] https://galerie9.com/art-film-jiri-havrda--georg/aus-dem-leben-der-insekten/index.html
[27] „Ghosting" - was versteht man darunter? Eine Definition besagt, dass es sich bei Ghosting („Geisterbild", „Vergeisterung") um einen

BAND I

BoD – Books on Demand, Norderstedt
© 2017, ISBN: **9783746034331**

Georg Aeberhards erstes Buch

Rien Ne Va Plus – One Life's coincidences"

amazon.com, barnes & nobles oder

in jeder Buchhandlung

Reviews / Kundenrezensionen

5.0 stars of 5 stars

What if...? and what if not! 11. Juni 2017

Von Martin R. Buehler (the.buehlers@bluewin.ch) - **Amazon.com**

Rien Ne Va Plus - well not quite yet! Georg (or Jiri) writes an enthralling account of his life, through vignettes (short essays/stories) based on the common theme of coincidences. But: What if there are no coincidences? Or what if everything is a coincidence, the whole life, universe? Either way, Georg invites us to participate in his life's story, which is at times whimsical, sometimes sad, pensive, challenging, but always entertaining. It does help if your own life has been somewhat non-linear, if you have travelled, and if you are the person with patience and the gift to listen to people. Georg is a captivating storyteller, remembering a time in world's history full of change, barriers, bridges and new facts, and I am looking forward to further glimpses of a person whose life took many unexpected turns, be it by following a pattern - or through coincidences.

5.0 stars of 5 stars

A moving story Stefanie am 24. Juni 2017

I have read this book already for the second time and I still like it very much. It's like a trip into an unconventional world, where something unexpected waits for you upon every step. The episodes roll on easily, full of excitement; it is difficult to stop reading these moving life stories of escape, exile, independence, passion, love, hope, art ... What particularly moved me, was the honesty with which the author tells his life.

5.0 stars of 5 stars

THE BOOK Amazon Kunde am 13. Juli 2017

great small book, i enjoyed it, I think our world and our time need more like this book , some spirit, some love, some memories , some intelekt

4.0 stars of 5 stars

Four Stars 16. Juli 2017

Fresh and lively stories about live in the US, Switzerland and the Czech Republic.

5.0 stars of 5 stars

A great read. 18. Juli 2017

Amazon Customer - **Amazon.com**

Life is not always strait forward. A great read.

4.0 stars of 5 stars

Incidents, precedents, plus happy accidents 17. Juli 2017

Fanfan - **Amazon.com**

A nearly famous writer visits the author's apartment. He happens to be drunk. He stumbles toward a bookshelf, pulls out a volume by another nearly famous writer, coincidentally also a drunkard, curses it loudly, walks over to the window, and tosses the book onto the rain flooded street. What happens next? Does the author punch the nearly famous writer in the face and throws him out of the apartment into the rain? Who were the two nearly famous writers, and what was the title of the doomed book?

To find out, buy this unique memoir, don't wait for the movie version, and

132

consider writing a review once you're finished reading it.

5.0 stars of 5 stars

What a coincidence that I encountered this book 21. Juli 2017

Jan Vratislav - **Amazon.com**

Great book about great coincidences that may direct one's life from Prague over Switzerland to USA and back.

4,0 stars of 5 stars

Have a go, good read.

Amazon Kunde am 28. Juli 2017

A memoir of a globetrotter. From the East, towards the West, and back to Europe - a life long trip marked by coincidences.